文
景

Horizon

社科新知　文艺新潮

文景古典 · 名译插图本

奥德修纪

上

[古希腊] 荷马——著　杨宪益——译

上海人民出版社

出版说明

古希腊罗马文明是世界文明中一个辉煌且重要的阶段。古希腊罗马时期的经典作品具有很高的成就，堪称世界文明的一座高峰，也是后世人们不断回溯的西方经典源头。“文景古典·名译插图本”丛书收集、整理古希腊罗马经典作品，并增加相关插图，力图完整呈现古希腊罗马经典作品的基本面貌，以飨读者。

荷马（Ὅμηρος/Homer）相传为公元前9—前8世纪的古希腊盲诗人，但关于他身世的确切信息，甚至其人究竟是否存在，现代研究者仍颇多争议。他最重要的成就即是创作了并称“荷马史诗”的《伊利昂纪》（通译《伊利亚特》）与《奥德修纪》（通译《奥德赛》）。

《伊利昂纪》与《奥德修纪》是现存最早的古希腊文学作品，至今两千七百余年，经久不衰，饱享诸如“西方文学的始祖”“西方文化的源泉”“西方文化奠基之作”等赞誉，堪称西方文化“永恒的经典”。“荷马史诗”的出现，令西方文化达到第一次巅峰。其中《奥德修纪》对后世影响尤为深远，不少大作家，如但丁、乔伊斯、阿特伍德等，都从机智而勇敢的奥德修历经各种冒险与磨难的归乡故事中获得了灵感。

杨宪益先生（1915—2009）是著名翻译家、外国文学研究专家、文化史学者、诗人。他从事翻译工作近五十年，在中文作品英译与世界文学名著中译两方面都做出了卓越的贡献，被誉为“翻译了整个中国的人”。《奥德修纪》中译本就是杨先生带给我们的诸多世界名著之一。

将原本以诗体写成的西方经典作品翻译为散文体，并不鲜见。罗念生、周作人等译古希腊戏剧，田德望译《神曲》，绿原译《浮士德》，等等，都是如此做法。杨先生将《奥德修纪》译为散文体，其考虑在于，希腊文的“音乐性和节奏在译文中反正是无法表达出来的”，索性就用散文体，“也许还可以更好使人欣赏古代艺人讲故事的本领”。（见本书附录）对于叙事性较强的诗体作品来说，各家如此处理，自有其长处。诗体与散文体亦各有千秋，请读者鉴裁。

本书依据上海人民出版社2019年版《奥德修纪》（收入“杨宪益中译作品集”）整理而成。杨先生依据“洛布古典丛书”（The Loeb Classical Library）中《奥德修纪》的古希腊原文译出，并作有“译本序”。该版本中一些与通译不尽相同的译名，仍维持杨先生的译法，以保持底本原貌。本书编者增加了与内容相关的插图，其中新古典主义风格线描铜版画插图，均为约翰·弗拉克斯曼（John Flaxman，1755—1826）所作。

目　录

奥德修纪

奥德修纪

根据洛布古典丛书（The Loeb Classical Library）中迪莫克（George Edward Dimock）编订的《奥德修纪（1—12卷）》《奥德修纪（13—24卷）》（*The Odyssey: Books 1–12*, *The Odyssey: Books 13–24*, Harvard University Press, 1919）希腊原文译出。

卷　一

女神啊，给我说那足智多谋的英雄怎样，
在攻下特罗神京后，又漂游到许多地方，
看到不少种族的城国，了解到他们心肠；
他心中忍受很多痛苦，在那汪洋大海上，
争取自己和同伴能保全性命，返回家乡；
他终于救不了他的同伴，虽然这样希望；
他们由于自己的愚蠢，结果遭遇到死亡；
那些人真糊涂，他们拿日神的牛来饱飨，
因此天神就剥夺了他们返回家乡的时光。
天帝的女儿缪刹，请你随便从哪里开讲。

且说所有其他英雄这时都已离开战争和海洋，逃脱凶险的死亡命运，回到了自己家乡；只有奥德修一个，苦苦怀念着归程和他的妻子，却被那有魔力的女神卡吕蒲索洞主留在她的山洞里，要他同她成亲；但是岁月流转，上天注定奥德修回到伊大嘉岛的一年终于到来，只是他回到亲人中间的时候，还免不了要受些艰难考验。天神们都对奥德修表示同情，只有波塞顿还是不停地对这位英雄发泄怒气，一直到他到达陆地上才肯罢休。可是这时候波塞顿到远方的埃塞俄比亚人那里去了；那个种族居住在人类最远的地区，分为两部，一部在日落之地，另一部在日出之地。波塞顿去到那里接受牛羊牺牲。就当他在席上享受盛宴的时候，其他天神都在奥仑波山上，在天帝宙斯宫中聚会。这时世人和众神之父在群神当中首先讲了话；他心里想起那材力非凡的埃吉斯陀，被阿加曼农的儿子，威名远扬的奥瑞斯提杀掉的故事，就对大家说道："唉，世人总喜欢埋怨天神，说什么灾祸都是我们降下的；实际上他们总是由于自己糊涂，才遭到注定命运之外的灾祸的。当前一个例子就是埃吉斯陀。他违反天命，霸占了阿特留之子的妻子；阿加曼农回家时，埃吉斯陀又把他杀掉；埃吉斯陀很清楚他要遭到凶死；这是我们事先警告过他的；我们派遣了眼观千里的斩魔神赫尔墨去警告他，不要谋害阿加曼农，也不要霸占阿加曼农的妻子，因为奥瑞斯提一旦长大成人，怀念乡土，就会去给阿特留之子报仇。赫尔墨曾经这样警告过他，可是我们一番好意却说不服埃吉斯陀；他结果还是彻底地付出了代价。”

明眸女神雅典娜回答他说道：“我们的父亲，阋阓之子，至高的尊神，埃吉斯陀死了是罪有应得，旁的人做出这种事也应该遭到毁灭的；可是我却为多智的奥德修悲伤；他真是命运不好，那么多年头离开亲人，留在大海中心、四面是水的一个岛上，受着苦难；那个树木阴森的海岛上住着一位女神；凶暴的阿特拉手擎巨柱，撑着大地和苍穹，所有海洋的深度他都清楚；就是阿特拉的女儿留下了那不幸的忧伤的奥德修，不断用甜言蜜语媚惑他，要他忘掉伊大嘉；可是奥德修渴望能够看见故乡升起的炊烟，觉得不如死掉还好些。你是主管奥仑波山的天帝，对这件事却毫不动心；奥德修在特罗广野，在阿凯人的船边，不是也给你献过牺牲，使你喜悦么？宙斯啊，你为什么对他这样狠毒啊？”

聚云者宙斯回答她说道：“我的孩子，你嘴里说出了什么话？我怎么会忘记英雄奥德修呢？他比一切凡人都更聪明，他向主掌广天的永生神祇献上的祭礼也比旁人更丰盛。问题在于环绕大地的寰海之神波塞顿，为了独目巨人的事一直怀着怨恨；奥德修弄瞎了大圣波吕菲谟的眼睛；波吕菲谟是威力最大的巨人，是主宰荒茫海水之神伏尔鸠的女儿托欧沙的儿子，托欧沙在中空的岩洞里同波塞顿交合，生了波吕菲谟。摇撼大地之神波塞顿虽然没有杀死奥德修，但是让他远离乡土到处漂游，就是为了这件事。现在我们大家可以计划一下怎么让他回到家乡；波塞顿总要停止发怒的；他总不能单独违抗全体永生天神的意旨。”

明眸女神雅典娜回答说道：“好吧，我们的父亲，阋阆之子，至高的尊神，既然现在极乐的天神都愿意让多智的奥德修还乡，我们可以派遣天神的使者斩魔神赫尔墨到奥鸠吉岛去，让他立刻把我们的决定告诉那华鬘女神，放那意志坚定的奥德修回家。我自己也要到伊大嘉岛，去激励他的儿子，在他心里增加勇气，要他召集长发的阿凯人去到会场，要他对那些每天杀食他的羊群和肥牛的求婚子弟们讲话。我还要派奥德修的儿子到斯巴达和蒲罗沙滩去，打听一下关于他父亲还乡的消息；那样他就会得到众人称赞了。”

她说完话，就把她的华履在脚上系好，那是一双具有神

宙斯、雅典娜与赫尔墨的会议

奇力量的，金光闪耀的鞋子，可以带着她像一阵风似的渡过海洋和无边陆地，她又拿起她的巨矛，矛头有青铜的尖锋，那矛非常粗大，又长又重；当这位威严的天帝女发怒的时候，她曾经用这支矛摧毁英雄们的队伍。她离开众神，从奥仑波山上飞下，降落到伊大嘉岛上，来到奥德修的家门，外院的门口；她手里拿着青铜矛，外表像一个外乡人，扮作达菲人的首领曼提的模样。

她发现那些傲慢的求婚子弟们正在门口，坐在他们所宰杀的牛的皮革上，下棋取乐；他们的随从奴仆都在忙碌工作，有些人在酒爵里用水搀酒，有些人正用多孔的海绵擦洗餐几，把餐几摆好，有些人正在切着大块的肉。高贵的帖雷马科首先看到了来人；他这时正坐在求婚子弟们当中，心中闷闷不乐，梦想他的尊贵父亲从外面走进来，把家里的求婚人赶得东逃西窜，赢得光荣，再度成为一家之主。他坐在求婚子弟当中，正想着这些，就看到了雅典娜。他立刻走到门口，因为他感觉让来客在门口久等是不礼貌的；他来到她面前，抓住她的右手，把铜矛接过来，对她认真地说道："客人，你好，欢迎你来我们家里作客；等到你用过餐之后，你可以告诉我们你需要什么。"他说着，就在前面带路，帕拉

雅典娜降落到伊大嘉

雅典娜跟着他走进来。

他们走进这座高大的宫邸；帖雷马科把长矛放到大柱旁边精雕的矛架上，那里放着许多铜矛，都是英雄奥德修使用的。他领着雅典娜，请她在一个精雕的椅子上坐下，椅子上铺着毛毡，下面有放脚的凳子；他自己也搬过来一把华饰的便椅，远远离开那些求婚子弟，免得客人坐在那些狂妄胡闹的人当中，听到他们喊叫，感觉厌恶，因而吃不好饭；还为了他这样可以向她打听他在外的父亲的消息。一个侍女拿来美丽的金壶，把水倒在银盆里给他们洗手，在他们面前又摆好光滑的餐几；庄重的女仆拿来面食，放在餐几上，还摆好许多菜肴，殷勤地招待客人；厨役也拿来很多盘各种烤肉，放在他们面前，又摆好黄金的酒杯；还有侍从跑来跑去给他们斟酒。那些高贵的求婚子弟也入了座，一排排坐在椅子上，仆役在他们手上倒了水，女奴用篮子装来成堆的麦饼，侍童在他们的酒爵里盛满了酒；他们就伸出手来，尽兴取食面前的酒肉。

求婚子弟们吃饱喝够，兴趣就转到另一方面；他们想听音乐和歌曲，那些娱乐是宴会的冠冕；一个侍从把美妙的鸣筝放到菲弥奥手里，强迫他在求婚子弟面前歌唱，他就开始弹筝，准备唱个美妙的歌曲。这时帖雷马科对明眸女神雅典娜讲了话，他的头靠近女神耳边，免得让旁人听到；“亲爱的客人，希望你对我说的话不见怪。这些人现在又要欣赏鸣筝和歌曲这些娱乐了；他们毫无顾虑，无偿地消耗别人的家财，不管这家主人的白骨是否横陈在地上被雨泡烂，或是在海里随着波浪漂浮。如果他们能看到他回到伊大嘉岛，他们那时就要祷告天神，希望能跑得更快一些，不想占有更多的黄金和衣饰了；可是现在我们已经绝望；他一定已经不幸死掉；虽然世上还有人说他还会回来，我看他是不会还乡的了。可是请你告诉我，要老老实实地对我说，你是什么人？从哪里来的？居住什么城镇？你的父母是谁？你坐的什么船？航海的人怎样把你带到伊大嘉的？他们又自称是什么人？我看你总不会是步行来的。还有请你老实告诉我，让我弄明白；你是第一次来这里呢，还是从前就做过我父亲的客人？因为许多客人都到过这里，正如我父亲自己也访问过许多地方的人一样。”

明眸女神雅典娜对他说道：“好吧，我就老老实实地同你说：我名叫曼提，是智慧的安奇阿洛的儿子；我统领着喜欢航海的达菲人。我现在同我的船只和伙伴路过这里，要渡过葡萄紫的大海，访问说不同语言的种族，装载着明亮的铁器，到帖眉息地方去买铜。我的船停在城郊，在林木阴翳的奈依翁附近的瑞特隆港口。我们是世交，你可以去问年老的英雄拉埃提。我听说拉埃提不在城里，而是住在乡下，生活很俭朴；他在葡萄园里从事劳动；身体疲乏的时候，就爬上山坡，有一个年老的女奴侍候着他，给他安排饮食。我这次来这里，因为据说你父亲确实还在，大概是天神们阻碍了他的归程；我听说英雄奥德修并没有离开人世，他还活着，在波涛汹涌的大海上，被凶恶的人捉住，强迫留在一个四面是海的孤岛上。我现在要对你作一个预言；永生的天神给我这个想法，我认为一定要实现的，虽然我并不是个预言家，也不是用鸟占卜的人。奥德修不会离开他亲爱的故乡很久了，就是用铁打的锁链束缚他，他也会想办法回来，因为他是很有智谋的。可是你也老老实实地同我说吧；你真的是奥德修的儿子吗？怎么长得这么大了？你的头和漂亮的大眼睛倒是非常像他的。我们过去经常在一起，那是在他航海到特罗去之前；自从那些勇敢的阿凯人乘着弯船远征之后，我同奥德修就彼此没有再见过面呢。”

谨慎的帖雷马科对她说道：“客人，我也老老实实地告诉你。据我母亲说，我是奥德修的儿子；可是我自己不知道是否是这样，因为谁也不能知道自己的来历。我真希望我父亲是个幸运的人，可以守着家业安度晚年；你既然要问我这件事，我只能说人们都认为我是那位最不幸的人的儿子。”

明眸女神雅典娜对他说道：“天神不会让你家失掉荣名的，既然潘奈洛佩生了你这样一个好儿子。可是你要老老实实地告诉我这件事：这里的酒宴和客人是为了什么？你为什么要这么铺张？是请客还是举行婚礼？我看这不像是一般聚餐；看起来这些高贵的人在你家里吃喝，都很嚣张狂妄；一个正派人来到这里，看到这些无礼的事，会感到气愤的。”

谨慎的帖雷马科对她说道：“客人，你既然要问我这件事，我就要说明，当奥德修在这里的时候，我们家曾经是富裕高贵的；可是现在天神们变了心，不喜欢我们了；在众人中偏偏让他下落不明；如果他是和同伴一起在特罗战死，或者在战争结束后死在朋友手里，我还不会为他的死亡这样感觉伤心；在那种情景下，全体阿凯人会给他造个坟墓，他的后代将来也可以分享光荣；现在一阵狂风把他吹得无影无踪，没有下落，也没有消息，只给我留下悲伤痛苦。我悲伤叹息还不是仅仅为了他的缘故；天神们又为我降下来别的灾祸。

那些统治各个海岛的王侯，包括杜利奇岛、萨弥岛和林木茂盛的查昆陀岛，以及山岭绵延的伊大嘉岛的首领们，都来向我母亲求婚，浪费我们家财；我母亲虽然讨厌这件婚事，却没有拒绝他们，也没有能力结束这件事；那些人大吃大喝，消耗我的产业，要不了许久时间就要把我毁了。”

帕拉雅典娜气愤地对他说道：“唉！你真需要远在异乡的奥德修回来，好让这群无耻的求婚子弟落到他的手里。我希望他现在就回来，穿戴盔甲，带着盾牌，拿着两根枪，站在门口，就像我最初见到他那样。那时他从埃甫瑞的眉美洛之子伊罗那里转回来，曾经在我家里受过酒宴招待。奥德修乘着快船去找伊罗，向他索取一种致命的毒药，来涂他的青铜箭镞，可是伊罗畏惧永生天神的谴责，拒绝给他这种药；结果我的父亲还是把这种药送给他了，因为我父亲同奥德修非常要好。奥德修要是那样在求婚子弟当中出现，他们就要立刻遭殃，求婚的事就要变成找死了。当然这一切都由天神决定；他也许能回来，在堂上报仇雪恨；也许他不能这样做，可是我还是劝你考虑一下，有没有办法把求婚人赶走。你要听我的话，好好想想：明天清早你召集阿凯首领们，在会场对大家讲清楚，天神会给你作证。你可以叫求婚子弟们各自回家；至于你母亲，如果她心想再嫁就让她回到她那尊贵的父亲家去；他们可以在她家里安排婚事，准备丰盛聘礼，送走他们的爱女。我还有一个经过周密考虑的建议，希望你能采纳：你找一只最好的船，配备二十个桨手，然后去寻找你长久在外的父亲；也许有人会告诉你一些消息，再不然你也许会听到天帝的意旨，他是常常给人指示的。你可以先到蒲罗去，问问英雄奈斯陀；从那里再到斯巴达去见黄发的曼涅劳；他是披甲的阿凯英雄里最后回来的。如果你听说你父亲还活着，快要回来了，那样你虽然受着苦难，也可以再忍受一年；如果你听说他已经死掉，不在人世，你就可以回到故乡，给他造一座坟，按照礼节，隆重办理丧事，让你母亲再嫁。在你结束了这一切事务之后，你应当仔细计划一下，怎样把你家里的求婚子弟们杀掉，用计谋还是公开进行。你不能再有孩子气了，因为你的年龄已经不小了。你难道没有听说吗？英雄的奥瑞斯提在世人中赢得了荣名，因为他杀了他的杀父仇人，就是那个用阴谋害死他的威名显赫的父亲的埃吉斯陀。朋友，我看你长得很强壮魁伟，你也应该鼓起勇气，在后世传下美名。我现在要回到我的快船和伙伴那里去了；他们已经等得不耐烦；你要好好考虑我嘱咐你的事。”

谨慎的帖雷马科对她说道："客人，你说的都是为我好，真像父亲对孩子那样；我决不会忘记你的话。现在你还是多留一些时候吧，虽然你急着要上路；还是先洗个澡，吃得饱饱的，然后高高兴兴地带一些礼物回船去；你可以拿一件值钱的、十分美好的礼物，作为纪念，就像亲爱朋友互相赠送的那样。"

明眸女神雅典娜对他说道："你不要留我，因为我急着要上路；如果你想送我什么礼物，给我带回家去，那就等我回来的时候再送吧；你可以挑一件最好的纪念品；你也会得到适当报答的。"

明眸女神雅典娜说完就走了，像飞鸟一样穿云而去；女神在他心里增加了力气和胆量，使他比以前更加想念他的父亲。帖雷马科看见这件事感觉惊奇，明白这是一位天神显圣。他精神振奋，立刻回到求婚子弟中间。

这时那位著名的乐师正为求婚子弟们歌唱；他们都安静地坐在那里听他的歌；他歌唱阿凯人怎样离开特罗地方，走上他们的悲惨归程，帕拉雅典娜怎样给他们降下不同遭遇。聪明的潘奈洛佩，伊加留的女儿，在楼上也听到这神妙的歌声；她步出房门，走下高高楼梯；她不是单独前来，旁边有

菲弥奥为求婚子弟歌唱

侍女随从着。这位高贵的夫人来到求婚子弟那里，站在坚固的殿宇的堂柱旁边，用柔滑的面纱遮住了脸，两边站着两个侍女小心服侍；她流着泪向那神妙的乐师说道："菲弥奥，你知道许多使人听了高兴的事，许多大家传诵的人神事迹；请你坐在这里给他们唱那些故事吧，好让他们安安静静地喝酒；可是我请你停止唱这个悲惨的歌；它每次都使我的心里悲痛；我怀着难忘的痛苦，永远怀念着那个人的容貌；他的声名传遍全希腊和阿凯地方。"

谨慎的帖雷马科对她说道："妈妈，你为什么要阻止这位好乐师按照自己心意给人娱乐？唱什么不唱什么，这不是乐师而是天帝决定的；上天愿意赐给劳动人民什么就给什么。你不应该反对他歌唱达脑人的悲惨遭遇；世人总是喜欢听最新的故事。你应该坚强一些，打起精神；奥德修也并不是唯一的没有从特罗地方回来的人；还有很多英雄也都死在那里哩。你还是回到自己房间里做你的事去吧，回到你的织机和纺梭那边，命令女奴们干她们的活；讲话是男人们的事，首先是我的事，因为我是这家的主人。"

她感到惊奇，就走回自己的房间，心里考虑着她儿子的有道理的话；她同侍女一道上了楼，为她亲爱的丈夫奥德修悲伤啼泣，一直到明眸女神雅典娜把酣梦降到她眼睫上的时候。

这时求婚子弟都在阴暗的殿堂上大声喊嚷，希望能同潘奈洛佩同床睡觉。谨慎的帖雷马科就对他们说道：“向我母亲求婚的诸位先生，你们未免太放肆无礼；还是吃喝取乐吧，不要这样吵闹；你们能够听到有这样神妙歌喉的人讲故事还不知足吗？明天早晨我们可以到会场去，各就各位，我要正式通知你们离开这所房子，到旁的地方聚餐，到你们自己家里去，吃你们自己的东西。如果你们愿意这样消耗旁人的财产，不付出任何代价，认为这样对你们更有利，当然你们也可以这样继续下去，可是我要向永生的天神祷告，让上天降下报应，让你们在这所房子里遭到灭亡，也得不到任何赔偿。”

他这样说了，求婚子弟们都很惊讶，咬着嘴唇，因为他说得很大胆。尤培塞之子安提诺就对他说道：“帖雷马科，天神把你教导成一个会说大话的家伙了；你说话好大胆；我希望阋阓之子不让你成为四面环海的伊大嘉岛的国王，虽然这是你的祖产。”

帖雷马科对他说道：“安提诺，你也许不爱听我说的话；

我正是希望上天降给我这个命运。你难道认为这是世人最坏的命运吗？做个国王并不坏呀；立刻家里就有钱了，而且还更加受人尊敬呢。当然目前在四面环海的伊大嘉还有很多其他阿凯王侯，有些是旧有的，有些是新来的，其中任何一位都可能统治这块地方，因为英雄奥德修已经不在了，可是我总是我自己家园的主人，管理着这些奴隶，那是英雄奥德修为我赢来的。”

波吕伯之子尤吕马科对他说道：“帖雷马科，关于谁将在四面环海的伊大嘉做阿凯人的国王，那是只有天神们才能决定的事；至于你的财产，当然应该属你所有；你将做自己家园的主人；只要有我们在伊大嘉居住，就不会有旁人用暴力欺负你，抢去你的财产。可是，朋友，我想问问，方才那位客人是谁？是从哪里来的？他自称是什么地方的人？他的部族和祖产在哪里？他是给你带来你父亲还乡的消息，还是为了自己的事到这里来的？怎么他一下就不见了，也没有让人认识他？从他外表看来好像不是个下等人哩。”

谨慎的帖雷马科对他说道：“尤吕马科，我的父亲肯定是不会回来了；就是有什么传闻，我也不会相信；如果我母亲叫来这样的人到家里来问卦，我也不会受这样的人的欺骗，方才那位客人是从达菲地方来的一位世交；据他说他是智慧的安奇阿洛的儿子曼提；他统治着喜欢航海的达菲人。”帖雷马科这样说，可是他心里明白那是一位永生的天神。

他们的兴趣又转到舞蹈和令人欢畅的歌曲方面，一直玩到黄昏时分；在欢娱中不觉阴暗的暮色已经降临；这时他们就各自回家睡觉去了。帖雷马科心事重重，也回到这所美好府邸中他的卧房去休息，那所房子建筑在高地，可以向远方眺望。他的忠诚的保姆尤吕克累拿着明亮的火炬领路；她是培西诺之子奥普的女儿，过去拉埃提在她年轻的时候出钱将她买下来，出了二十头牛的代价；在家里，拉埃提对待她同对待他忠贞的妻子一样，只是没有同她睡过觉，因为怕他妻子生气。现在就是这个尤吕克累给帖雷马科拿着明亮火炬，在女奴中只有尤吕克累最爱护帖雷马科，当他还是个婴孩的时候就抚养过他。

帖雷马科打开精筑的卧房的门，坐在床上，脱掉他的柔软的外衫，交到那聪明的老妇人手里。她把衣服叠好放平，挂在绳床旁的钩上，走出去，抓着房门的银环，把门带上，又用皮带把门拴好。帖雷马科在房间里盖上羊毛毡子，通宵盘算着雅典娜给他计划的旅程。

卷　二

当那初生的有红指甲的曙光刚刚呈现的时候，奥德修的爱子就从床上起来，穿上衣服，肩上背着利剑，在他光滑的脚上穿上华履，走出卧房，仪表像天神一样。他立刻命令那些声音洪亮的使者召集长发的阿凯贵族到会场议事。使者通知了大家，他们立刻集合起来。当他们都在会场集合好了，帖雷马科也去到会场，手里拿着青铜矛，不是单独一个人，有两只猎狗跟随着他。雅典娜给他天神一般的仪表，大家看到他都感到惊异；老年人给他让开路，他坐在他父亲的座上。

在贵族当中首先有埃鸠普调讲了话；埃鸠普调已经老迈龙钟，但有千谋万计；他有一个儿子，善用长矛的安提佛，曾同英雄奥德修一起，乘着弯船远征以牧马著名的伊利昂，可是他被凶野的独目巨人杀死在山洞里，当作最后一顿饭被吃掉了。埃鸠普调还有三个儿子，一个叫尤吕洛谟，同求婚子弟们在一起；另外两个儿子在家守着祖产；可是老人经常长吁短叹，还是想念着安提佛。这时老人又想起他来，就流着泪，在会场上说道："伊大嘉人，现在请听我讲话；自从英雄奥德修坐着弯船出征之后，我们就没有在一起开过会。现在是哪一位把我们召集到这儿来的？哪一位年轻人或年长的人有什么要求吗？是有人首先听到有敌军进犯，要告诉我们知道呢？还是要提出某项公共事务讨论？我想这总是一位应该得到幸福的好人；但愿上天降福，让他所希望的事得到成就。"

他这样说；奥德修的爱子听到这良好预兆感到高兴；他离开座位，准备发言，在会场当中站起；聪明的使者培西诺把节杖交到他手里；帖雷马科就首先对着老人说道："老前辈，召集大家开会的人就近在眼前，你现在就可以看到。我有一件非常痛心的事要谈谈。我并没有听到有敌军进犯，要告诉你们大家知道，也没有什么公事要提出讨论；这只是我的个人私事。我的家遭到了双重灾祸；我失去了我的高贵父亲；他曾经是治理你们的国王；他对待你们像一位慈爱的父亲一样；现在我又遇到更大得多的灾祸；我的家产就要全完了，我将无以为生。求婚子弟们一直缠着我的母亲，虽然她并不欢迎他们。他们都是这里的贵族子弟；他们不愿意到她父亲伊加留的家里去，请他提出娶他女儿要多少聘礼，把她许给他所中意的人；他们整天在我家里胡闹，宰杀我的健牛肥羖，大摆宴席，贪饮灿烂酒浆，喝得没有够，消耗我的全部家财；家里没有一个像奥德修那样的人可以保护家园，赶走这些祸害；我们也不像他可以设法自卫；即使我们要试试，也必然是软弱无力的。如果我有力量，我真想来保护自己，因为事情已经发展到忍无可忍的地步了，我的家也被毁得不成样子。你们应该尊重邻居，有羞愧心情，畏惧天神震怒，免得一旦上天对这种恶行气愤起来，降下报应。我以奥仑波山的宙斯和聚散世人会议的神谛弥的名义，请求你们停止这种行为，朋友们，让我一个人去哀悼悲伤好了；除非这是由于我的父亲，高贵的奥德修，曾经不怀好意地虐待了披甲的阿凯人，因此你们也不怀好意地虐待我，作为报复，才叫他们到我家去的。要是你们自己吞没我的牛羊财产，把它们都吃光，我认为那样还好些；我可以立刻得到赔偿，因为我可以到城里控告你们，要求偿还我的财产，一直到全部都归还为止；可是现在你们给我带来的损失我却无法要求偿还。”

帖雷马科激动地说了这些话，就痛哭起来，把节杖扔到地上。大家都同情他，保持沉默，也没有人想用刻薄的话反驳他；只有安提诺一人回答他说道：“喜欢说大话的帖雷马科，你好大胆子！说的是什么话？你这是侮辱我们全体，要把罪过推给我们。我告诉你，求婚的阿凯子弟并没有责任；这件事怪你母亲；她太狡猾了。这件事已经过了三年多，快到四个年头；在这期间她一直在欺骗我们。她传出话来，答应考虑每人的请求，让大家都抱着希望，可是她心里想的却是另一套。她设下诡计，要在家里织一匹又细又宽的大布；她开始织布时对我们说道：‘向我求婚的年轻人，反正英雄奥德修已经死了；你们虽然着急要我再嫁，还是略等一下吧；等我织完这件衣料，免得让我的手工白白浪费；这是给英雄拉埃提准备的殡衣，给他在死亡的命运降临使他倒下的时候穿的。他有这许多产业；如果去世时连一件殡衣也没有，这里的阿凯妇女要责怪我的。’她这样说，我们宽宏大量，都同意了；从那时起，她每天白天织这匹大布，夜里在火炬光下又把它拆掉。这样她用诡计把阿凯人欺骗了三年；岁月流转，到了第四年，她的一个女奴知道这件事，告诉了我们，我们在她正拆掉那灿烂的布匹的时候把她捉住；她才被迫把布织完。这就是求婚子弟对你的答复；我说出来让你和全体阿凯人都明白。你还是把你母亲送走，命令她嫁给她父亲赞成和自己喜欢的人吧。要是她还打算长期玩弄阿凯子弟们，让她好好想想；雅典娜赐给她织制漂亮布匹的超人技巧，聪明的头脑和机智；像她这样能干的女人我们从来没有听见过；就连古代的长发阿凯妇女，如屠罗、阿克美妮和华冠的穆基妮，也没有潘奈洛佩那样能干。可是在这件事情上她的算盘却是打错了；因为只要她存着天神现在放在她心里的这样的想法，大家就要消耗你的产业。她让她自己出了名，可是你的大量财产却遭到损失；我们决不回到自己庄园或其他地方，除非她嫁给她所中意的阿凯子弟。”

谨慎的帖雷马科回答道：“安提诺，我怎么能强迫生育抚养我的母亲，把她推出家门呢？况且我父亲远在异乡，是活着还是死了还不知道。如果我主动把我母亲送走，我就不得不付给伊加留一大笔钱。不但她父亲要叫我受到损失，上天还会降下其他灾祸，因为我母亲离开家的时候会召来复仇的厉鬼；大家也要责备我的。因此我不能说这个话。要是你们心里觉得惭愧，你们就离开我家，到旁的地方聚餐，到你

潘奈洛佩被求婚子弟捉住

们自己家里去，吃你们自己的东西。要是你们愿意这样消耗旁人的财产，不付出任何代价，认为这样对你们更有利，当然你们也可以这样继续下去，可是我要向永生的天神祷告，让上天降下报应，让你们在我家里遭到灭亡，也得不到任何赔偿。”

帖雷马科才说完话，无所不见的宙斯就作出答复，从高高山巅遣来两只鹰，双双展翅乘风飞下。两只鹰到了人声嚣杂的会场上面，摇着劲翅盘旋一周，落到它们看到的人群头上，眼里闪烁着死亡；它们用脚爪抓击彼此嘴颊，然后向右飞去，经过下面城镇的房屋。大家看到这两只鸟都很惊奇，怀疑是否要发生什么事。在众人当中，这时年老的领袖马斯陀之子哈利赛西讲了话；这位哈利赛西能预言未来的事，比任何其他当代人更通晓飞鸟的征兆。他出于好意，向大家说道：“伊大嘉人，请听我讲几句；我尤其要对求婚子弟们说这段话，因为他们的大祸就要临头。奥德修不会离开他的亲人很久了；我猜想他已经离此不远，就要给这些人撒下屠杀和灭亡的种子，为许多其他居住在晴朗的伊大嘉的人也带来祸殃。我们还是在没有出事之前考虑一下，停止这种行为吧；要是他们主动停止，那就更好一些。我的预言并不是没有根据的；我很清楚要发生什么事。当阿凯人远征伊利昂，多智的奥德修也随同前往的时候，我所作关于他的预言都应验了；我说过他将遭受许多灾难，失掉他所有伙伴，过了二十年才能回家，那时人们将不认识他；现在这一切都要实现了。”

波吕伯之子尤吕马科对他说道：“老头子，你现在最好是回家给你孩子作预言去，免得他们将来遭殃；关于这件事我作预言要比你在行。在阳光下有许多禽鸟飞翔，并不都是什么征兆；奥德修已经死在辽远地方；要是你也同他一齐死掉就好了；那样你就不会说这一大堆废话；你也就不会在这里煽起帖雷马科的怒气，希望他给你一些好处。我要警告你；这倒是要实现的；如果你用老年人的狡猾来诱惑一个年轻人，来煽风引火，首先他要吃亏；大家不会让他搞出什么名堂的；至于你这个老头子，我们也要罚你出钱，让你受点罪，你就要搞得很狼狈。我当着大家要给帖雷马科这个建议：他应当叫他母亲回到她父亲的家，准备再嫁，让她的家安排大批嫁妆，要配得上出嫁的爱女；否则我看阿凯子弟们决不会停止那种使她痛苦的求婚，因为我们谁也不怕；帖雷马科怎么恐吓也吓不走我们；我们也不怕你的预言，老头子，你的话不会应验的，这只会让大家更讨厌你。只要潘奈洛佩拖延时间，不答应阿凯子弟的求婚，帖雷马科的财产就要遭到大量消耗，他也得不到任何赔偿。我们天天在等着，争取这个才貌双全的女人；谁也不会另去寻找适当配偶。”

谨慎的帖雷马科对他说道：“尤吕马科和其他尊贵的求婚人，关于这个问题，我不打算再求你们，也不打算再谈了；反正天神和所有阿凯人都明白了这件事。我只要求给我一只快船和二十个伙伴，同我到许多地方旅行。我打算到斯巴达和蒲罗沙滩去，打听我长久在外的父亲还乡的消息；也许有人能告诉我，也许我会听到宙斯的指示，他是常常给凡人带来消息的。如果我打听到我父亲还活着而且就要回来，我虽然受着折磨，也还能再忍受一年；如果我打听到他已经死了，不在人世，那样我就回到故乡，给他造一座坟，按照礼节，为他隆重举丧，让我母亲再嫁旁人。”

他说完话就坐下来；在众人中站起了英雄奥德修的老伙伴曼陀。奥德修乘船出征时，曾经把所有家里的事委托给他，叫他在老人指示下看守一切产业。曼陀出于善意对大家说道：“现在请你们听我要讲的话，伊大嘉人。你们的国王，英雄奥德修，曾经像慈父一样对待你们；要是没有一个还怀念他，此后执节的国王就不必和善仁慈，也不必公正办事；让他们今后变得暴虐残忍，多行不义好了。我不打算同尊贵的求婚人争辩；他们存心不善，为所欲为，倚仗暴力来侵占奥德修的家产，认为他不会再回来；他们是冒着生命危险的。我只为你们其他的人害羞；你们坐在这儿，一声不响，不谴责也不阻止他们，虽然求婚子弟们人数有限，你们却人数众多。”

尤依诺之子莱欧克利陀对他说道：“曼陀，兴风作浪的家伙，你脑筋糊涂了，你说的是什么话？想煽动众人来阻止我们吗？为了吃你的一份饭要同我们这许多人对抗，你是要倒霉的。即使是伊大嘉的奥德修他自己来了，打算把在他家里宴会的高贵求婚人赶走，他也要遭到噩运，如果他敢同我们这许多人战斗，他的妻子虽然想念他，也不可能为他的归来庆贺。你说的话很不恰当。现在大家散会，每人去做自己的事去吧。至于帖雷马科，曼陀和哈利赛西可以鼓动他去旅行，他们本来是他老家的伙伴，可是我猜想帖雷马科会停在伊大嘉等候消息，不会实现这次旅行的。”

他说完，会议立刻结束了；大家分散回到各人家里去，可是求婚子弟们又都去到英雄的奥德修家里。帖雷马科单独走开，去到大海岸边；他在大海的苍波里洗了手，向雅典娜祷告道：“请听我的祷告，昨天来到我家的神，你命令我乘船经过云雾迷漫的大海，打听我的长久在外的父亲归家的消息；但是我一切请求都遭到阿凯人阻拦，那些求婚子弟的态度尤其傲慢恶劣。”

他作完祷告，雅典娜走近他身边，外表和声音都同曼陀一模一样。她对他认真地说道：“帖雷马科，你以后不会成为一个没有出息、没有脑筋的人，只要你能继承你父亲的勇敢精神，他的一切言行都是好样的。你的旅行不会毫无结果也不会失败，除非你不是奥德修和潘奈洛佩的儿子，只有那样，我想你要做的事才不会完成。很少孩子能同他们父亲一样，多数要差一些，只有少数比他们父亲更好。既然你不会成为一个没有出息、没有脑筋的人，奥德修的智慧也不会离开你，你完成这件事是大有希望的。现在让那些求婚子弟去胡闹好了，他们什么也不懂，也不讲道理，也不知道死亡和阴暗的命运已经接近他们；他们要在一天里全部死亡。你不要延迟这次想做的旅行；作为你老家的忠诚的伙伴，我要给你准备一只快船，而且同你一起去。你现在回家去，到求婚子弟们那里，预备干粮，放在坛子里装好，把酒装在酒瓶里，把给人气力的麦饼放在结实的皮囊里；我立刻到城里去召集愿意同去的伙伴；在海水环绕的伊大嘉有许多船只，有新船也有旧船；我要给你找一只最好的船，我们很快把它配备齐全，开到宽广的海上。”

天帝女雅典娜这样说了；帖雷马科听到女神的声音不再迟延，就走回家去，但是还是有些担心；他发现那些傲慢的求婚子弟都在堂上和院里屠羊烤猪。这时安提诺笑着向他走过来，抓住他的手，向他说道：“爱吹牛的帖雷马科，你胆量真不小啊。算了，不要说什么坏话，计划什么坏事了，还是像从前一样跟我们一起吃喝吧。至于准备船只和挑选桨手，一切都有阿凯人给你办好，让你很快到神圣的蒲罗去，打听你高贵的父亲的消息。”

谨慎的帖雷马科对他说道：“安提诺，要我保持沉默，坐在你们这些狂妄的人中间，高高兴兴地吃喝，这是不可能的。自从我还是一个小孩子的时候，你们就在消耗我的美好家财，你们这些求婚人还不知足吗？我现在长大成人了，听到别人的话也明白了，我的心里增加了力量；无论我到蒲罗去，还是留在本地，我总要设法让你们遭殃的。当然，我是准备去旅行的；我的话不会说了不算，即使我是搭别人的船，因为我不是船主也不是桨手。你们大概也认为我走开对你们更方便吧。”他说完了，就立刻把手从安提诺手里抽回。

求婚子弟们正忙着在堂上欢宴。他们都讥笑帖雷马科，用话来讽刺他；一个傲慢的年轻人就这样说道：“真的，帖雷马科是计划要害死我们了。他大概打算从蒲罗沙滩甚至斯巴达找帮手来；看他多么凶呀。也许他还打算到肥沃的埃甫瑞地方去找致命的毒药，把毒药放到酒杯里，把我们都害死呢。”

另一个傲慢的年轻人又说道：“可是谁知道，也许在他坐着弯船漫游的途中，他也像奥德修那样远离亲人死掉呢。那样他就给我们更增加麻烦了；我们就要分掉他的全部产业，把这所房子交给他母亲和那个娶她的人了。”

他们就这样取笑。帖雷马科走向他父亲的宽广高大的库房；库房里堆满黄金和青铜器皿、满箱衣服、很多芳香的油膏，还有许多装着香甜陈酒的坛子，里面都是没有加过水的神妙酒浆，排在墙边整整齐齐，等待历经艰险回转家乡的奥德修取用。两扇大门紧密地关着，有一个女仆，培西诺之子奥普的女儿，聪明的尤吕克累，日夜在那里看守全部资财。帖雷马科叫尤吕克累到库房来，向她说道：“奶妈，给我装几坛子甜酒，都要好酒，仅次于那些你为不幸的神裔奥德修特别收藏的；也许他还能逃脱死亡的噩运，从什么地方回来呢。你装上十二坛酒，给我封好，再给我把大麦装在牢固的皮囊里，要二十斗磨好的面粉。这件事只能让你知道；你把一切准备好，到了晚上我母亲上楼睡觉的时候我来取。我要到斯巴达和蒲罗沙滩去，打听我父亲是否还乡；也许我能打听到一些消息。”

他说完了，他的亲爱的保姆尤吕克累就惊喊起来，流着眼泪向他恳切地说道：“亲爱的孩子，你心里怎么会有这种念头？你是个娇生惯养的独子，茫茫大地你要到哪里去啊？神裔奥德修远离故国，早已死在异乡；你一旦走开，他们那些人就要作怪，要阴谋害死你，分掉一切产业的。你还是留在家里看守产业吧。你没有必要到波涛汹涌的海上受苦受难，也没有必要到处漂游。”

谨慎的帖雷马科向她说道：“放心吧，奶妈，我这样做并不是没有天神启示的。你要发誓不告诉我母亲，一直等到过了十一二天之后，除非她想念我，自己发现我已经离开，免得让啼哭损伤了她的红颜。”

他说完了；那老妇人以天神的名义发下大誓，要保守秘密；她发了誓言做了仪式之后，立刻把酒装到坛子里，把面粉装到牢固的皮囊里；帖雷马科就回到厅堂上，到求婚子弟们那里去。

这时明眸女神雅典娜又出了一个主意。她变作帖雷马科的模样，去到城里各处；她走近每个人的时候就告诉他，在黄昏时候在快船旁边集合；她又向佛洛留的显耀的儿子诺埃蒙借了一只快船，诺埃蒙也欣然应允了。

太阳降落时，一切道路都蒙上阴影；她把快船拖到岸上，配备齐全那只精制的船所需要的一切用具，把船停在港口；一群健壮的水手们在四周集合起来；女神催着每个人干活。

这时明眸的女神雅典娜又出了一个主意。她去到英雄奥德修的家里，把酣梦洒到求婚子弟身上，使得他们放下手里酒杯，想要离开；他们就回到城里睡觉去了；他们不能继续留在那里，因为睡意已经落到他们眼睫上。这时明眸女神雅典娜又变作曼陀的形象和声音，把帖雷马科从舒适的厅堂上叫出来，向他说道："帖雷马科，你的配备齐全的伙伴已经坐在桨边，等候吩咐；我们走吧，旅行不能再拖延了。"

帕拉雅典娜说完，就立刻带路；帖雷马科跟着女神前去。他们来到海滨船旁，在岸边找到那些长发的伙伴。尊贵的帖雷马科对他们说道:“来吧，朋友们，我们搬运东西吧；一切都在厅堂里准备好了。我母亲不知道这件事，女奴们也不知道，只有一个听我说过。”

他说完就带着大家去，他们跟着他走，把一切东西搬运到精制的船上，按照奥德修的儿子的指示。帖雷马科上了船，雅典娜走在前面；她坐在船尾，帖雷马科坐在她身旁。伙伴们解开船缆，自己都上了船，坐到桨位上。明眸女神雅典娜给他们送来一阵顺风；强劲的西风歌啸着，吹过葡萄紫的大海。帖雷马科吩咐伙伴们赶快拉紧篷缆，他们遵命照办，抬起松木桅杆，放进空槽，用桅绳绑好，用牛皮绞成的帆索拉起白帆。风吹满了帆；船前进时，船首四围紫色波浪发出喧嚣声音；船就穿着波浪前进。他们把黑色快船上的篷缆绑紧之后，就用杯盛满酒，向永生不死的天神祭奠，尤其是向宙斯的女儿明眸女神。彻夜直到清晨，船在前进。

卷　三

太阳离开了璀璨的湖水，涌向青铜色的天空，给不死的天神和生产五谷的大地上的凡人带来光明。这时帖雷马科他们到达了蒲罗，来到尼奈奥的庄严都城。这里的人正在海边献祭，用全黑的牛作牺牲，献给摇撼大地的青发神。他们分成九队，每队五百人坐在一起，每队献上九头牛。他们才尝过腑脏，把牛腿骨焚献给天神，外来人已经靠岸，卷起精制的船帆，下了锚，走上了岸。帖雷马科离开船，有雅典娜给他带路；明眸女神雅典娜对他说道:“帖雷马科，你不必感觉害怕，一点也不必胆怯；你不是为了打听关于你父亲的消息才渡过大海的吗？你要打听他埋葬在什么地方，他遭到什么结局。现在你立刻去找那服马英雄奈斯陀去吧；我们好了解

帖雷马科寻找父亲

他心里有什么主意。你要亲自去请求他说实话；他不会说假话的，因为他是个很慎重的人。”

谨慎的帖雷马科对她说道：“曼陀，我怎样去？我怎样对他致辞？我还不会说客气话；年轻的人对年长的人讲话总是有顾虑的。”

明眸女神雅典娜对他说道：“帖雷马科，你自己好好考虑，上天也会给你启示的；我想你长大成人并不是没有天神暗中协助。”

帕拉雅典娜说完了，立刻带他前往；他跟着女神走，来到蒲罗人的集合队伍当中；奈斯陀同他的几个儿子就坐在那里，旁边他的伙伴们正在烤肉和用叉将肉穿起。他们看见客人来了，都走过来，同客人握手，请他们坐下。首先奈斯陀的儿子培西斯特拉陀走过来，拉着两人的手，请他们就宴，坐在岸边柔软的羊毛毡上，在他兄弟特拉苏密底和他父亲旁边；然后他分给他们一些腑脏，在金杯里盛上酒；他就对持盾神宙斯的女儿帕拉雅典娜说道：“客人，请现在向波塞顿尊神祈祷吧，因为你们赶上的酒宴是献给那位神祇的。你按照礼节奠酒并作了祈祷之后，再把这杯甜酒交给你朋友祭奠，因为他也应该向永生天神祈祷；任何人都离不开天神的帮助。可是由于他比较年轻，同我年龄差不多，所以我把这金杯先递给你。”

他说完就把这杯甜酒交到她手里；他的智慧和判断能力使得雅典娜高兴，因为他把金杯先递给女神。雅典娜就立刻向波塞顿尊神诚恳祷告道：“波塞顿，环绕大地之神，请听我祷告，不要拒绝我们的请求，要让它完成。首先请赐给奈斯陀和他的儿子们以荣名，再给其他所有的蒲罗人降福，来酬报这个丰盛的百牛大祭。然后使得帖雷马科和我能够转回家乡，在我们完成了我们坐着黑色快船前来的任务之后。”

她这样作了祷告，并使一切应验。然后她把那美丽的双柄酒杯交给帖雷马科；奥德修的儿子也同样作了祷告。蒲罗人把牛身上的肉烤好，把烤肉从叉子上抽下，然后分了肉，享受盛宴。当他们已经吃饱喝足之后，葛瑞尼的服马英雄奈斯陀对他们开始说道：“现在客人已经吃完了饭，我们应该问问他们是什么人。啊，客人，你们是什么人？你们经过海路从哪里来的？你们来此是为了什么事务？还是随意游荡，就像海盗那样，冒着性命危险，到处漂游，给旁地的人带来灾祸？”

谨慎的帖雷马科就大着胆子回答，因为雅典娜在他心里增添了勇气，让他好去打听他失踪的父亲的消息，那样他在众人中将赢得荣名。

“尼奈奥之子奈斯陀，阿凯人所尊敬的英雄，你既然要问我们从哪里来，我就告诉你。我们是从奈依翁山下的伊大嘉来的；我们要说的事是私事不是公事。我来搜集有关我父亲的传闻，希望能够打听到一些消息。我父亲就是那勇敢的英雄奥德修；据说他曾同你在一起作战，打下了特罗的王城。我们打听到关于许多在特罗战斗的英雄的消息，听到他们怎样遭到惨死；可是阌阒之子不让我们听到奥德修死亡的消息。没有人能确实说出他死在哪里，是被敌人在大陆上杀死的呢，还是丧生在大海的安菲特丽提女神的波浪里。现在我就为了这件事来求你；希望你能告诉我，他是怎样遭到惨死的，不管是你亲眼看到的，还是听到其他流荡的人说起的。他这一生真是比任何人都不幸。请不要有什么顾虑，不要怜悯我而说些安慰的话；请你告诉我你看到的真情实况。如果我父亲，高贵的奥德修，曾经在特罗地方为你说过好话，做过好事，当阿凯人经受困难考验的时候，那样我就请求你现在回想一下，告诉我当时的真情实况。”

葛瑞尼的服马英雄奈斯陀对他说道：“朋友，你使我回想起我们那些勇猛无敌的阿凯子弟在那地方所受的苦难；我们怎样在阿戏留的指挥下率领船队，在云雾迷漫的大海上漂荡，追求财货，我们又怎样在普里安王的崇城周围战斗；我们最勇敢的战士都死在那里；善战的埃亚在那里倒下，阿戏留战死，还有善谋的帕特洛克勒，还有我的壮健过人的儿子安提洛科；他是军中一位最捷足的、最勇敢的战士；我们还受了许多别的灾难，世上谁能叙述这一切故事？你就是住上五六年，要我讲那英雄的阿凯人在那里所受灾难，你也等不到听完，就要转回家乡了。

“我们忙着计划各种策略对付特罗人，共有九年之久，但是阋阆之子一直不让它成功。在那里没有人比得上英雄奥德修足智多谋；他善用各种策略；我说的就是你的父亲，如果你真是他的儿子。我看到你很惊奇，因为你讲话简直同他一样；谁也想不到一个年轻人会同他一样讲话。当时我和英雄奥德修在会议讨论中从来没有不同意见，我们经常主张相同，总是经过深思熟虑，向阿凯人作出最好建议的。

“当我们打下了普里安王的崇城，又回到船上的时候，上天使阿凯人队伍分散；宙斯给阿凯人安排了悲惨的归程；大家当时没有慎重考虑，作了错误判断；其中不少遭到灭亡，那是由于伟大天父的女儿明眸女神的发怒；她使阿特留的两个儿子争吵起来。他们当时召集全体阿凯人会议，做得很鲁莽，搞得很乱；会议规定在黄昏时候；阿凯人喝足了酒来到会场；他们讲了话，说明召集会议的意图；曼涅劳当时命令大家准备启程，开到大海的广脊上；可是阿加曼农不赞成，他要大家留下来，献上圣洁牺牲来消除雅典娜的怒气。他真糊涂，他不明白女神是不会听他的祷告的，因为永生天神的心意不能立刻就转变过来。他们两人站在那里，用恶言互相攻击；装备齐全的阿凯战士也都跳起来，热烈争吵，各有不同看法。这天夜里我们休息时，彼此都怀着敌意，因为宙斯给我们安排了悲惨的命运。

“到了第二天清晨，我们一部分人把船拖到灿烂的海面上，装满财货和纤腰的女俘；另一半人同主帅阿特留之子阿加曼农留在一起没有走；我们这一半登船启程，船走得很快，天神使漩涡起伏的海面平静无波。我们来到坦奈多，向天神供献牺牲，希望能够归家，但是宙斯不打算让我们回去，那位严厉的神又一次引起了邪恶的争吵。一部分人把他们的弯船掉转头来，又回到阿特留之子阿加曼农那边，其中就有足智多谋的高贵的奥德修。可是我带着我率领的船队继续逃走，因为我知道上天在准备着灾祸。善战的屠德奥之子也同我们前往，并且催他同伴快走。后来黄发的曼涅劳也跟着我们的船来了；他是当我们在莱斯伯岛考虑这远征路线的时候赶上来的。我们考虑是沿着崎岖的戏奥岛外面航行向着普修瑞岛，让戏奥岛在我们左面好呢；还是从岛的里圈，经过多风的弥马岛好；我们请天神给我们一个征象；天神指示我们从大海中心穿过去到尤波亚，好尽快逃脱灾祸。那时起了一阵强风，船群很快驰过鱼龙出没的大海；到了晚上，我们在葛莱斯陀停泊；我们穿过大海之后，向波塞顿献上了大量的牛腿肉。到了第四天，服马英雄屠德奥之子狄奥弥底的伙伴们在阿戈停泊了他们的长船，可是我继续向蒲罗前进，自从天神唤起了那阵风，一直不停。这样，亲爱的孩子，我就回来了；我没有听到什么消息，我也不知道有哪些阿凯人得救，有哪些死亡。

“可是我回家后听到的可以告诉你们；我应该这样做；我也不隐瞒什么。据说善用长矛的摩弥东人都安全回家了，那是勇猛的阿戏留的著名儿子率领的；还有帕雅的著名儿子菲洛谛提也平安到达；伊多曼留也把他的伙伴们全部带回了克里特岛；就是说，那些从战争中逃脱性命的人，大海没有夺走一个。

“至于阿加曼农的事，你们虽然离得很远，你们自己也一定已经听到；他怎样到家，怎样被埃吉斯陀阴谋害死；埃吉斯陀自己也付出了沉重的代价；一个人死后留下一个儿子总是好的，因为阿加曼农的儿子报了父仇，把阴谋害死他著名父亲的埃吉斯陀杀掉了。我看你长得很好，也很强壮，希望你成为一个勇敢的人，赢得后世称赞。”

谨慎的帖雷马科回答道：“尼奈奥之子奈斯陀，阿凯人尊敬的英雄，阿加曼农的儿子彻底报了父仇，在阿凯人中他的名声将广泛流传，将来的人也要知道这件事。我希望天神们也赐给我这样的力量，让我对那些不可忍受的傲慢的求婚子弟也作出报复；他们狂妄地对我施展了恶劣的阴谋。但是天神并没有给我和我父亲这样的运气，所以我现在只好忍着。”

葛瑞尼的服马英雄奈斯陀回答道：“啊，亲爱的，你说起这个，倒提醒了我。据说许多求婚子弟不征得你的同意，为了你的母亲的缘故就在你家里为非作歹。请你告诉我，是你自甘屈服呢，还是当地人们得到天神的指示，都在反对你呢？很难说，奥德修也许哪一天会回来，那时他或者单独一个人，或者带领全体阿凯人，他会对他们的强暴行为作出报复的。我希望明眸女神雅典娜也宠爱你，就像我们阿凯人在特罗遭受苦难的时候，她特别宠爱光荣的奥德修那样。我从来没有见过天神对凡人表示明显的宠爱，像帕拉雅典娜袒护奥德修那样。如果她肯那样爱护你，他们当中有些人就要永远结不成婚了。”

谨慎的帖雷马科对他说道：“老前辈，你说得太好了；我看这不会应验的；我听了都感到惊讶。我不敢这样希望；即使天神愿意，这件事也做不到。”

明眸女神雅典娜对他说道：“帖雷马科，你说的是什么话？只要天神愿意，就能让人平安回家，即使路程辽远。我宁愿在回家之前忍受许多苦难，才看到归途的终结，也胜于回去被杀掉，死在殿堂之上，像阿加曼农被埃吉斯陀和他妻子阴谋害死那样。当然人总是要死的；当悲惨的死亡噩运降临的时候，天神也不能防止他们所宠爱的人死掉。”

谨慎的帖雷马科对她说道：“曼陀，我们不要再谈这件痛心的事了；他是不会回来的；永生的天神已经安排了他的死亡和幽暗的归宿。现在我想再问奈斯陀一个问题，因为他的判断和智慧超过旁人；据说他已经领导了三代人；我看见他就像看见永生的天神一样。尼奈奥之子奈斯陀，请你实实在在地告诉我；统治广大地区的阿特留之子阿加曼农是怎样丧命的？当时曼涅劳在什么地方？狡诈的埃吉斯陀怎样用计杀掉比他勇猛得多的人？是不是当时曼涅劳不在阿凯人的阿戈地方，而在异乡流荡，埃吉斯陀才大胆谋杀的？”

葛瑞尼的服马英雄奈斯陀对他说道：“孩子，我就把全部真情实况告诉你。你自己也可以想到事情会是怎样；如果黄发的阿特留之子曼涅劳从特罗回来，发现埃吉斯陀还活在他家里，那样埃吉斯陀死后连坟都不会有；他将横尸郊野，野狗和飞鸟将撕碎他的尸体，也不会有阿凯妇人哀悼他；因为他犯的罪太严重了。我们在那里攻城夺塞辛勤劳役，吃许多苦，他却在后方，在牧马的阿戈，用许多甜言蜜语诱惑阿加曼农的妻子。最初美貌的克吕坦尼斯特娜拒绝这种可耻行为；她的心是纯洁的。同她在一起还有一位乐师，阿特留之子出征特罗时曾再三嘱咐乐师保护他的妻子。可是后来天神让她落入命里注定的圈套，使她屈服；那时埃吉斯陀把乐师带到荒岛上，把他留在那里，让野鸟猎食，然后把那改变心意的女人带回家去。在他得到始愿不及的巨大成功之后，他在天神的圣坛上献了许多牛腿肉，还悬挂了许多礼品，织绣和黄金首饰。

“那时曼涅劳和我一同离开特罗，正在途中；我们非常友好；但是当我们到达雅典的海岬，圣洁的苏尼昂附近，腓伯阿波龙射出他的仁慈的箭，杀死了曼涅劳的舵手奥尼陀之子弗隆提，一位最出色的舵手，当时正吹着狂风，他正掌握着快速航行的船舵。曼涅劳虽然想继续前进，也只好留下，按照礼仪埋葬他的同伴。后来当曼涅劳乘着弯船，经过葡萄紫的大海，到达马雷雅的峻岭的时候，宏声的宙斯又给他安排了一条艰苦的路程，向他倾泻了一阵狂风，掀起大波像山一样高。那时曼涅劳把船分成两队，一队他带到克里特岛，那里的鸠东部族居住在亚丹诺河附近。在雾气迷漫的海水间，在高尔屯的边缘，光滑的悬崖直插到海里；西南风冲着菲斯陀方向，把巨浪驱向左边的石岬，一片孤岩阻挡着狂涛。曼涅劳的一些船到达那里，费尽气力才逃脱死亡，但是船都被波浪打碎在岩石上。只有五条黑色的船被风浪带到埃及。曼涅劳就带着他的船在那里流荡，在说着不同语言的异族当中集聚了不少黄金财富；在这同时，埃吉斯陀就在家里策划了一场悲惨的事。

“埃吉斯陀杀了阿加曼农之后，在多金的弥吉尼统治了七年之久，压制着当地的人们。到了第八年，勇敢的奥瑞斯提从雅典带来灾祸，杀了害死他著名父亲的仇人，狡诈的埃吉斯陀。奥瑞斯提杀了他之后，就邀请阿戈人聚宴，来庆贺他所痛恨的母亲和懦夫埃吉斯陀的死亡；正在这时，叱咤善战的曼涅劳也回来了，带来许多财宝，把船都装满了。

“亲爱的，我劝你不要走得离家太远，丢下你的财产不管；你家里又有那样狂妄的人；不要让他们分掉、吞掉你的全部家财，那样你的旅行就白费了。不过我建议你去找找曼涅劳。他才从外国回来；在他去过的地方，那里海洋如此辽阔，如此巨大可怕，就是飞鸟在一年里也飞不过去；从那里一旦被风吹走，就没有希望回来的。你带你的船和伙伴找他去吧；如果你愿意陆行，这里也有车有马，还有我的儿子们可以给你带路，把你送到黄发的曼涅劳居住的地方，美好的拉刻代蒙。你自己向他提出请求，他一定会把真情实况告诉你；他不会说假话，因为他是很慎重的。”

他说完话时，太阳已经降下，黑夜来到了；明眸女神就对他们说道：“老前辈，你这些话说得很好。现在我们来割下牛舌，把酒掺好吧；我们要向波塞顿和其他永生天神献祭，然后可以考虑睡觉了；因为时间已经不早，白昼已经落到黑夜下面，我们不可以在敬神的酒宴上耽搁太久，应该散会了。”

天帝女这样说，他们都同意。使者在他们手上倒了水，侍童把酒杯添满；他们先在杯里倒了几滴酒，交给大家；大家把牛舌丢到火上，站起来奠酒；奠酒完毕，又尽兴地喝了酒；这时雅典娜和仪貌如神的帖雷马科都想回到弯船上去，但是奈斯陀留住他们，对他们说道：“天帝和其他永生神祇是不能同意你们离开这里回到快船上的；我们也不是穷得没有衣服穿，家里也不是没有很多衣毡，可以让自己和客人都睡得舒舒服服的；我们有很好的衣毡呢。只要我还活着，只要我家里还有儿子可以招待来到我家的客人，我至少不能让奥德修的儿子去睡到船板上。”

明眸女神雅典娜对他说道：“老前辈，你这些话说得很好。帖雷马科应该听你的话，那样要好得多；可是虽然他要现在同你去，在你家里休息，我还必须回到黑色的船上去安慰那些伙伴，同他们讲讲情形，因为我是他们当中最年长的；那些由于朋友关系一同来的人都很年轻，同勇敢的帖雷马科年龄差不多。我现在就到黑色弯船上去休息；明天我还要到勇敢的考孔纳人那里去；他们欠我一笔债，不是新债，数目也不在少数。帖雷马科既然到你家去，你就让车子和你儿子送他去吧，并且给他跑得最快、最强壮的马。”

明眸女神雅典娜说完了，就变作一只海鹰不见了；这使一切见到的人感到惊奇。老人看到这件事也吃了一惊，他就抓着帖雷马科的手对他说道：“亲爱的，既然在你年轻时就有天神给你带路，我看你不会成为懦弱庸碌的人。这不会是居住在奥仑波山的其他神祇，一定是降生在特利通的尊神雅典娜，宙斯的女儿；她在阿凯人中最宠爱你的英雄的父亲。请赐下恩典吧，尊贵的女神，请赐给我和我的儿子以及我敬爱的妻子美好的名声；我将献上一只没有加轭，没有被人驯服的阔额光泽的公牛；我将把它的角包上黄金献给你。”

他这样说了，帕拉雅典娜听了他的祷告。这时葛瑞尼的服马英雄奈斯陀就同他的儿子、女婿一起，带着大家回到他美好的宫室。他们到了华丽的王宫，分别就了位，老英雄给客人准备了甜酒，那是他的女奴收藏了十年才解开绳子打开的；老英雄掺好了一杯酒，先向持盾的天帝的女儿雅典娜祭奠，并且虔诚地作了祷告。他们祭奠完毕，又尽兴地喝了酒，然后各自回家。葛瑞尼的服马英雄奈斯陀请英雄奥德修的儿子帖雷马科在有回声的前殿的绳床上安息；同帖雷马科一起的是善用梣矛的众人领袖培西斯特拉陀，他是奈斯陀家里还没有结婚的儿子。奈斯陀自己到他高大宫殿后面去睡觉；他的王后，给他铺床的妻子就睡在他身旁。

当那初生的有红指甲的曙光刚刚呈现的时候，葛瑞尼的服马英雄奈斯陀从床上起来，走出门，在高大的门前磨得洁白光滑的石凳上坐下；那曾经是善用计谋的尼奈奥的座位，但是尼奈奥早已去世到阴间去了，现在阿凯人的保卫者、葛瑞尼的奈斯陀就手持节杖坐在这里。他的儿子们从屋里出来，在他身旁集合；那里有埃赫弗隆、斯特拉调、贝尔修、阿瑞陀和仪表如神的塞拉修弥底；第六个走出来的是英雄培西斯特拉陀；他们带来仪表如神的帖雷马科，请他一同坐下。葛瑞尼的服马英雄奈斯陀就开口说道："孩子们，你们要立刻完成我的意愿；我要首先向天神中的雅典娜献祭，因为她曾显圣来到我们的敬神宴会。你们现在到草地上挑一头牛，立刻带到这里，让牧牛奴把它赶来；然后到勇敢的帖雷马科的黑色船上，把他的伙伴们都请来，只留下两个人看守；再把金匠拉埃刻叫来，叫他在牛角上包上黄金；其余的人就集合在这里，命令家里的女奴预备一席盛宴，摆好座位，把木柴放在祭坛四周，再把清水拿来。"

他说完，大家就忙起来，从草地上把牛带来，勇敢的帖雷马科的伙伴们也从精巧的快船上来到；匠人也拿着青铜工具来了；他做手艺的工具包括砧和锤子，还有精巧的钳子；他用那些做活，雅典娜就来接受祭礼。年老的服马英雄奈斯陀把金子交给金匠，金匠把它打成金叶子，包好牛角，好让女神看到祭礼喜悦。斯特拉调和英雄的埃赫弗隆拉着牛角，把牛拉过来；阿瑞陀从房间里走出来，带来精雕的盆盛满洗手的水，另一只手拿着一篮大麦；善战的塞拉修弥底站过来，手里拿起杀牛的利斧，贝尔修拿着盛牛血的盆子；服马老英雄奈斯陀洗了手，撒了大麦，虔诚地向雅典娜作了祷告，又从牛头上割下一撮毛，扔到火里。

他们作完祷告，撒了大麦，奈斯陀的儿子，勇敢的塞拉修弥底站过来，一斧头就砍断牛颈的筋，把牛的气力放掉。这时奈斯陀敬爱的妻子尤吕狄吉以及他的女儿、媳妇们都发出呼喊；尤吕狄吉是克吕曼诺的长女。大家从宽广土地上抬起牛，扶住它；众人领袖培西斯特拉陀把牛的喉管切断；等到牛的黑血流尽，生命离开骸骨的时候，他们立刻把牛剖开，按照规矩切下牛腿，包上双层肥油，上面盖上生肉；老人奠了灿烂酒浆，在木柴上烧肉；旁边的年轻人拿起五股

奈斯陀献祭

叉；等到牛腿烧尽，他们尝了腑脏，把其余的肉切好，拿起尖串把肉穿起，开始烤肉。

这时尼奈奥之子奈斯陀的幼女，美貌的波吕嘉斯提给帖雷马科洗了澡，洗完又给他抹上橄榄油，穿上衬衫和华丽的外套；帖雷马科从浴池出来，仪容像永生天神一样，走到众人牧帅奈斯陀身边坐下。

他们烤好了牛身上的肉，把肉从串上抽下，就坐下吃肉；高贵的人侍候他们，用酒把金杯盛满。他们吃饱喝足之后，葛瑞尼的服马英雄奈斯陀对他们说道：“孩子们，你们去给帖雷马科把长鬃骏马驾在车上，送他上路吧。”

他说完，他们立刻遵命把骏马驾在车上；女奴把麦饼和酒，还有天神的后代王侯们所吃的肴肉都放到车上；帖雷马科上了华丽的马车；众人领袖奈斯陀之子培西斯特拉陀也上了车，坐在他身旁，拿起缰绳，打了一鞭子让马快跑；两匹骏马顺从地奔向草原，离开蒲罗的高堡，一整天时间马摇着颈上的轭向前奔驰。

太阳落下，黑暗笼盖着一切道路；这时他们来到菲拉，阿菲奥所生的奥提罗科的儿子狄奥克雷就住在这里；他们在这里过夜；狄奥克雷按照礼节招待客人。

当那初生的有红指甲的曙光刚刚呈现的时候，他们又驾上马，上了华丽的马车，从有回声的前殿和大门驰出；培西斯特拉陀打了一鞭子让马快跑；两匹骏马顺从地奔驰。他们经过生长麦子的原野，奔向目的地；快速的骏马就这样带着他们前往。太阳落下，黑暗笼盖着一切道路。

卷　四

他们驰向众山环绕、地势低凹的拉刻代蒙，那是声名显赫的曼涅劳居住的地方。他们到了那里的时候，曼涅劳正在招待许多亲友，为他高贵的儿子和女儿举行婚宴；他的女儿嫁给了冲锋陷阵的英雄阿戏留的儿子；这是在特罗就许下的；现在天神使得婚礼实现；他把女儿和许多骏马车乘送到摩弥东人的名城；那里的国王就是阿戏留的儿子。他又从斯巴达迎来阿莱克陀的女儿，为他儿子完婚；他的儿子年轻壮健的迈加盘提是一个女奴生的；这是因为赫连妮生了她第一个女儿，像金光灿烂的阿芙洛狄谛一般可爱的赫弥翁妮之后，上天就不让她再生孩子了。现在显赫的曼涅劳的亲友们正在他高大的宫殿里欢宴；一位神妙的乐师正在众人中间弹琴歌唱；他唱歌时还有两个弄技的在人群中翻着跟斗。

勇敢的帖雷马科和奈斯陀的高贵儿子带着车马来到王宫的大门口；显赫的曼涅劳的一位忠心侍臣，高贵的埃特奥留走出来，看到了他们；埃特奥留就走进房间，来到众人的牧帅曼涅劳的身旁，急促问道："神裔曼涅劳，外面来了两位客人，仪表像是伟大天帝的后代；你说我是把他们的马从车上卸下来呢，还是送他们到旁人家里去，让旁人去招待他们？"

黄发的曼涅劳听了很不高兴，就对他说道："波依多之子埃特奥留，你过去不是一个糊涂人，可是你现在说的糊涂话，简直像小孩子一样。我们两个不是也曾经去过旁人家里，多次被招待饭食，最后才回到家乡，才能希望上天不再让我们受苦的吗？你去把客人的马卸下来，请他们进来参加宴会吧。"

他说完话，埃特奥留就跑过殿堂，同时叫其他侍从也随他去，他们把流汗的马从轭上卸下来，把马系在厩里，丢给马一些草料，又加上一些洁白的大麦，把车子靠在华丽的门墙边，然后把客人请进美好的殿堂。

帖雷马科他们走进这位天神后代的王宫，看到的东西使他们惊奇不已，因为显赫的曼涅劳的高大宫殿里明亮得像有日月光辉照耀着一样。他们欣赏了一切，就到光滑的浴池去洗浴；女奴给他们洗完澡，身上涂了橄榄油，给他们穿上衬衣和羊毛外套；他们就去坐在阿特留之子曼涅劳的身旁。侍女给他们拿来一个华丽的金壶，把洗手的水倒在银盆里，请他们洗了手，又把光滑的餐几摆在面前；庄重的女佣人拿来麦饼和许多菜肴，放在餐几上，充分供应；切肉的厨夫拿来一盘盘各样的肉，放在他们面前，又在他们前面放好黄金的酒杯。黄发的曼涅劳向他们表示欢迎，说道："请用麦饼，尽量吃吧。你们吃完了，我们再问你们是什么人。你们没有失掉生来的标记，看来一定是神裔的执节君王的后代；卑贱人家的子弟是没有这样的容貌的。"

他说完就用手拿起烤肉，把最肥美的里脊肉放在他们面前，那是大家表示尊敬留给他吃的。帖雷马科他们就动手吃面前的盛肴；他们吃饱喝足之后，帖雷马科把头靠近奈斯陀的儿子，向他讲话，不让别人听到，"亲爱的朋友，奈斯陀的儿子，你看这个有回音的殿堂上，到处都是青铜、黄金、白银、琥珀、象牙，闪耀生光；财宝多得简直数不清楚；我看在奥仑波山宙斯的宫殿大概也不过如此；看了真令人惊奇。"

黄发的曼涅劳听见他讲的话，立刻回答道：“亲爱的孩子，凡人是不能同天帝相比的，因为天帝的宫殿财宝永存不灭，但是在凡人当中，也许没有人在财产方面比得过我。我是经过许多苦难，流荡到过许多地方，到了第八年才用船载满财宝回家的；我到过塞浦路斯，到过腓尼基，到过埃及，还到过埃塞俄比亚人、息东尼人、埃连伯人和利比亚人居住的地方；在那里小羊生来就带角，母羊一年生三胎；在那里家主和牧人从不缺乏奶酪、羊肉和甜奶，一年到头羊都有奶。可是当我在外流荡，集起大量财产的时候，有人冷不防暗害了我的哥哥；我哥哥的妻子也参与了这个阴谋；因此我虽然拥有这么多的财富，我并不快乐。我不知道你们的父亲是谁，也许你从他们那里听见说过。我遭受许多苦难，失掉一所很好的宫宅，里面有许多财宝。我宁愿一直在家里，拥有三分之一现在的财产，只要那些离开牧马的阿戈地方，在特罗旷野上惨死的战士们都能保全性命。当然，我经常在家里为他们悲悼流泪，有时哭泣之后心里也舒畅一些，有时也停止哭泣，因为人总是哭不了多久就会疲倦的。我想到他们虽然很伤心，可是这还抵不上我为一个人的哀痛；想起那个人来，我简直不想吃也不想睡；没有一个阿凯英雄像奥德修那样受尽折磨；他的一生就是注定要受苦，我为他悲伤；我不能忘记他。他失踪了那么久，不知是死是活；我想老人拉埃提一定也在为他哭泣，还有谨慎的潘奈洛佩和帖雷马科也一定很伤心；奥德修离开家的时候帖雷马科还不过是个初生的婴孩呢。”

他的话勾起了帖雷马科怀念他父亲的悲哀情绪；当他听到他父亲名字的时候，泪珠从眼里落到地上；他用双手拿起紫色的外套掩住眼睛。曼涅劳看到这件事；他心里盘算，是让帖雷马科自己说出他父亲是谁呢，还是先慢慢试探试探他，再问他好呢。他正在心里盘算这件事，赫连妮从她的熏香的高顶的卧室走出来，容貌像金箭女神阿特密一样。跟随她的侍女阿德瑞斯提为她摆下精制的座椅，侍女阿吉璧拿来柔软的羊毛毡，侍女佛洛拿来银制的篮子，那是居住在埃及塞拜城的波吕伯的妻子阿坎德丽送给她的；那里的人家有大量财富。波吕伯送给曼涅劳两个银浴盆、两个铜鼎和十斤黄金；他妻子也送给赫连妮一些美好的礼物；她赠送了一个金纺锤和一个银篮子，篮下有轮子可以转动，篮边是金镶的；现在侍女佛洛就带来这个篮子，摆在她旁边，里面装的是精纺的毛线，上面横放着缠着紫色羊毛的金纺锤。赫连妮坐在椅子上，下面有放脚的凳子。她立刻问她丈夫各项事情，说道：“神裔曼涅劳，这两位来到我们家的客人是谁？我不知道应该不应该老实说出来，可是我的心要我说出我的看法。我看见那个人是非常惊讶的，因为我还没有见过任何男女长得那么像，如同那个人像英雄奥德修的儿子帖雷马科那样。当阿凯子弟为了我这个不要脸的女人远征特罗，掀起激烈战争，奥德修离开家乡的时候，帖雷马科还不过是个初生的婴孩。”

黄发的曼涅劳对她说道：“夫人，你这一说，我现在也有同样感觉；他的手、脚、眼睛以及头和头发都很像；而且方才我说起奥德修怎样为我受尽艰险的时候，他眼里落了一滴辛酸的泪，还用紫色外套掩住眼睛呢。”

奈斯陀之子培西斯特拉陀对他说道：“阿特留之子曼涅劳，天神的后代，众人的领袖，如你所说，这正是奥德修的儿子；但是他很慎重，生怕初来这里就造成冒失的印象；我们听你讲话就像听到天神的声音那样高兴。葛瑞尼的服马英雄奈斯陀派我来给他带路，因为帖雷马科想见见你，请你指点他该怎样说话和行动，父亲在外，家里的孤儿是非常苦恼的；没有人帮助他。帖雷马科目前处境正是这样；他父亲不在，也没有别的人在家乡可以为他抵挡灾祸。”

黄发的曼涅劳回答道：“哈！原来真是我的好朋友的儿子到我家来了。奥德修为我受尽艰辛；我常想，要是奥仑波山上宏声的宙斯使我们一同乘着快船渡过海洋回到家乡，我一定要好好招待他，胜过任何阿凯人。我要送给他阿戈的一座城，给他建筑一所宫宅，把他从伊大嘉请来，带来他的财产和儿子，还有一切属民；我要把这里我的属民从一座城里迁走，让他住在这里，同我经常在一起，我们将相亲相爱，没有任何东西可以使我们分离，一直到死亡的黑雾笼盖我们。我想天神一定是嫉妒我们，才使得那个不幸的人单单不能回来的。”

他说的话引得大家都想哭泣。宙斯的后代、生长在阿戈的赫连妮哭了，帖雷马科和曼涅劳也哭了，奈斯陀的儿子也不禁眼中含泪，因为他想起那个出色的战士安提洛科被灿烂晨光的英雄儿子杀死；他想起安提洛科，就激动地说道：“阿特留之子，当我们在家里交谈时提到你，老人奈斯陀总说你是世上最聪明的人。现在如果你允许，我要说几句话：在宴席上哭泣是不太愉快的，初生的曙光也就要呈现了；不过为不幸死亡的人哭泣也是不足为怪的；我们剪掉头发，脸上流泪，这是对遭难的人表示尊敬。我的一个哥哥也战死了；他在阿凯战士中不是个懦弱之辈；你大概也知道他的；我倒是没有见过他，并不认识他，可是据说安提洛科是一位出色的捷足的战士。”

黄发的曼涅劳回答道：“亲爱的，你说的话同比你年长而有智慧的人所说的一样；这是因为你是那样一位父亲所生，所以你讲话也很有道理；如果一个人在初生和结婚时，阏阆之子都给他安排了好运，这在他后代身上也是很容易看出的；上天正是这样赐给奈斯陀一辈子好运，他老年在家里生活安逸，他的儿子们善用戈矛又很聪明。我们已经哭过了；现在我们应该停止哭泣，用水洗洗手，再把心放在宴席上面。明天早晨帖雷马科和我彼此还有许多话要谈呢。”

他说完话；显耀的曼涅劳的侍从阿斯法利翁拿水倒在他们手上；他们动手去吃那些摆在面前的盛肴。这时天帝的后代赫连妮又想出了一个主意；当他们开始喝酒的时候，她很快地在酒里放了一种药；这种药能解除优愤，让人忘记一切不幸的事。只要把药放在杯里，把它喝下去，即使一个人的父母死了，或者亲眼看见他面前的兄弟或孩子被人用青铜杀掉，他这一天都不会脸上流泪的。宙斯的女儿有这种神奇的药；这种珍贵的药是一个埃及妇人，塞翁的妻子波吕达娜给她的；在埃及地方，生长五谷的土地也生长很多药材；有些混成的药剂有毒，有些有益；在那里人人都通医道，学术高超，因为他们是帕依翁的后代。

她在杯里放了药，又叫人盛上酒，然后对他们说道："阿特留之子，神裔曼涅劳，和在座的贵族子弟，天帝是无所不能的；他有时给这个人好运，有时给那个人坏运。你们现在坐在堂上开怀畅饮，还是讲个故事高兴高兴。我打算讲一个适合目前场合的故事；我不能一一列举英雄奥德修的全部功劳；我只想讲在阿凯子弟遭受困难的时候，这位勇士冒险进入特罗的一件事迹。他把自己鞭打得遍体鳞伤，肩上披了一件破衣服，装作是一个奴隶，潜入了敌人的广衢都城；他假扮成别人模样，好像是个乞丐，虽然在阿凯人的船上他不是那个样子。这样他就偷偷进入特罗人的都城，骗过了所有的特罗人；只有我看穿了他的伪装；我诘问过他，可是他狡猾地躲过了问题。我给他洗了澡，涂了橄榄油，换了衣服之后，我发了一个大誓，答应不在特罗人中间揭露他就是奥德修，直到他回到他的快船和土寨的时候；只到那时他才告诉我阿凯人的整个计划。他用锐利的青铜兵器杀了许多特罗人，又回到阿凯人那边，带去不少情报。当时其他特罗妇人都高声啼哭，可是我暗暗高兴，因为我的心已经转向家乡了。我悔恨阿芙洛狄谛使我盲目，把我带走，离开亲爱的祖国，丢下我的女儿，我的闺房，我的丈夫；我的丈夫在智慧和相貌方面都是十全十美的。”

黄发的曼涅劳回答道：“夫人，你的话说得很好。我见过许多善用计谋的英雄，我到过许多地方，可是我还没有看到过像奥德修那样坚决勇敢的人。那位勇士还曾做过那样大胆的事；他同阿凯子弟的精锐一起藏在木马里，都坐在里面，给特罗人带去屠杀和死亡。当时你走到木马旁边，大概是天神授意的，要帮助特罗人得胜；还有仪表如神的德依佛伯也随你前往；你曾三次巡查内藏的伏兵，用手敲打木马，而且装出阿凯战士的妻子的口音，一个个叫着他们的名字。当时我和屠德奥之子和英雄奥德修都藏在马身里，也听到了你的呼声；我们两个都想走出去，或者在里面回答，可是奥德修阻止了我们；我们虽然迫切想出去，终于被他拦住；其他阿凯子弟也没有作声；只有安提克洛一个人想要答话，奥德修就用有力的手紧紧堵住他的嘴，并且一直抓住他，直到帕拉雅典娜让你离开的时候，这样才救了全体阿凯战士。”

谨慎的帖雷马科回答道："众人领袖，阿特留之子，神裔曼涅劳，我听了更加难过，因为这并没有使他逃脱悲惨的死亡，虽然他的心坚如铁石。我们现在去睡觉吧；在酣睡中我们可以得到一些安慰。"

他说完话，阿戈的赫连妮吩咐侍女在前殿安排床榻，铺上华美的紫色褥子，上面盖上床单，再摆好给他们盖的羊毛毡。侍女们拿着火炬走出去，把床铺好；仆役领着两位客人，勇敢的帖雷马科和高贵的奈斯陀之子，带他们到前殿休息；阿特留之子到高大宫殿的后面休息，穿长袍的美貌妇人赫连妮睡在他的身旁。

当那初生的有红指甲的曙光刚刚呈现的时候，叱咤善战的曼涅劳就从床上起来，穿上衣服，肩上背着利剑，在他光滑的脚上系好华履，走出卧房，仪表像天神一样。他坐在帖雷马科旁边，对他问道："英雄帖雷马科，你为什么要渡过大海的广脊，来到美好的拉刻代蒙？是为了公事还是为了私事？请你老实告诉我。"

帖雷马科对他说道："众人领袖，阿特留之子，神裔曼涅劳，我来这里，希望你能告诉我一些消息。我的财产被人吞没，肥沃的土地荒废了，我的家里充满存心不善的人，那些向我母亲求婚的狂妄傲慢的人一直在宰食我的肥犊和羊群。我现在就为了这件事来求你；希望你能告诉我奥德修如何遭到惨死，不管是你亲眼看见的，或者是你听其他流荡的人说起的。他这一生真是比任何人都不幸。请不要有什么顾虑，不要怜悯我而说些安慰的话。请你告诉我你看到的实在情景。如果我父亲，高贵的奥德修，曾经在阿凯人经受困难考验的时候，在特罗为你说过好话，做过好事，那我就请求你现在回想一下，告诉我当时真情实况。”

黄发的曼涅劳听了十分生气，就对他说道：“哼！那些懦夫居然想要在一位英雄的床榻上睡觉么？正如一只鹿要把两只吃奶的初生小鹿放到猛勇的狮子的丛莽中睡觉，自己跑到多草的山谷和高坡去吃草，等到狮子回到它的巢穴的时候，它就要叫那两只小鹿遭殃；奥德修同样也要叫那些人遭到倒霉的结局的。我向天父宙斯和雅典娜，还有阿波龙祷告，希望正像过去那样，在美好的莱斯伯岛，奥德修起来同菲洛弥雷狄比赛摔跤，他用力把对手扔到地上，全体阿凯人为他欢呼；这次也让他碰上求婚子弟们吧，他们就立刻要遭到毁灭，参加死亡的婚礼去了。我不打算回避你所提出的问题，也不想欺骗你；我将毫不隐瞒地告诉你那海中老人所说的确实可靠的话。

“当时我很希望在埃及登陆，可是由于我没有向天神献上牺牲，他们就阻拦我，不让我的意愿实现；天神总是要人尊重他们的指示的。在到达埃及之前，在汹涌海水中心有一个海岛名叫法洛，离开埃及只有弯船一天的路程，如果后面有尖锐呼啸的风在吹送着。岛上有一个港口可以停泊，从那里人可以汲取幽暗的水，再把长船送到海上。但是天神使我们在那里稽留了二十天之久，没有吹起海风把船送到大海的广脊上；我们的粮食快完了，气力也快用尽了，幸而有一位天神垂怜，拯救了我们，那就是海中老人，大神普洛调的女儿埃多塞雅；大概是我使她动了怜悯之心。在我离开伙伴独自游荡的时候，我遇到这位女神；当时我的伙伴们经常在岛上游荡，用鱼钩钓鱼，饥饿折磨着他们的肚子。这位女神走近我，对我说道：‘外地人，你还是缺乏智慧，过分糊涂呢，还是喜欢受罪，甘心吃苦？你留在岛上这许多天，都想不出解决的办法，使得你的伙伴们也灰心绝望了。’

“她这样说，我就回答道：‘不管你是哪一位天神，我要向你说明白；我并不是自己愿意留在这里的；我想我大概是得罪了主掌广天的永生天神。既然天神无所不知，我就请你

告诉我，是哪一位天神阻拦我前进，把我关在这里的？我也请你告诉我，有什么办法可以使我渡过鱼龙出没的大海转回家乡？’

“我说完，那位尊贵的女神就立刻回答道：‘外地人，我就老老实实告诉你；埃及有一位未卜先知的海中老人，永生的普洛调；他常到这里来；他是波塞顿的侍从；一切海洋有多深他都知道；据说他是我的父亲。如果你能够埋伏起来，把他捉住，他就可以告诉你怎样走法，路程远近，怎样渡过鱼龙出没的大海回到家乡。天神的后代曼涅劳，如果你希望知道的话，他也能告诉你，当你正在漫长而艰苦的途中跋涉的时候，家里发生了什么好事坏事。’

“她这样说，我就回答道：‘那就请你现在给我想个办法，怎样袭击那位有法力的老人，不要让他事先发现我，猜到我的意图而逃掉；一个凡人战胜天神是很困难的。’

“我这样说，那位有法力的女神就立刻回答道：‘外地人，我就毫不隐瞒地告诉你。当太阳升到中天，西风吹起幽暗的波纹，那位未卜先知的海中老人就在海波隐盖下，从海里出现；他出来之后，就到深凹的岩洞里去休息，在他四围睡着成群的海豹；它们从幽暗的海里爬出来，发出深海的苦咸气味，是美丽的海女的苗裔。我可以在天初亮时带你到那里去，同它们并排睡在一起；你要仔细挑选三个伙伴，你的美好的船上三个最勇敢的水手，同你一同去。我现在还要把那位老人的法术预先都告诉你。那海中老人首先要检查海豹，点一点它们的数目，五个海豹作为一排；他清点完了，就像牧人睡在羊群里那样，躺在它们中间睡觉。你们一看到他睡下，就要鼓起勇气，拿出力量来，把他抓住；他要挣扎想逃走的，而且他可以变出各种形状，幻变成大地上各种生物，以及流水和熊熊烈火，可是你们要始终把他紧紧抓牢；最后你看到他恢复原来形状，愿意讲话了，那时你才可以停止使用暴力，把他放松，问他是哪一位天神被得罪了，问他怎样才能渡过鱼龙出没的大海，转回家乡。'

“她说完就潜入波涛汹涌的大海。我回到停在沙滩上的船边，一面走着，一面想着种种念头，心里充满忧郁。我来到海岸上的船边，做好晚饭，神异的夜色降临，我们就在海滩上睡觉。

“当那初生的有红指甲的曙光刚刚呈现的时候，我去到宽广的海岸边，向天神们诚恳祷告；我带去三个伙伴，都是我在紧急关头最能信任的。女神又潜入大海的巨腹，从海里拿出四条新剥的海豹皮，这样给她父亲设下一个圈套。她在沙滩上分好睡觉的铺位，坐着等待；我们走到她那里；她叫我们睡下，每人身上盖一张海豹皮；这样的隐藏方法是很不好受的；海兽的强烈臭味使得我们大伤脑筋；谁愿意睡在水兽的旁边呢？可是女神想了一个好办法，拯救了我们；她为了消灭水兽的气味，在每人鼻下放了芬芳的神浆；这样我们就熬过了整个上午。那时成群的海豹从海里出来，一排排地睡在海岸上；到了中午时分，老人从海里出现，找到那些肥胖的海豹，全部作了清查，数了数目；他首先在水兽中数过我们，但是并没有发现我们的伪装；他最后自己也睡下来。我们大叫一声，向他冲过去，用手抓住他；那老人并没有忘记他的计策；他首先变成须毛鬣鬣的狮子，又变成豹子，封豕，长蛇，又变成流水和枝叶扶疏的树木，但是我们勇敢地抓住他，一点没有放松；后来这位有法术的老人疲倦了，就开口问道：‘阿特留之子，这是哪一个天神给你出的主意，叫你设下埋伏把我捉住的？你又有什么要求？’

“他这样问我，我就回答道：‘老头子，你自己很清楚，何必推诿反过来问我？我被禁闭在岛上这么长时间，也找不到办法可以离开；我都要灰心绝望了。天神是无所不知的；

我要你告诉我，是哪一位天神封锁了我的归程，不让我渡过鱼龙出没的大海，转回家乡？’

“我说完，他立刻回答道：‘你应该在启程前向宙斯和其他天神献上丰盛牺牲；那样你就能渡过葡萄紫的大海，老早回到故乡了。现在已经注定，在你回到你的故乡和美好家园，重见你的亲人之前，你要先到天降的埃及河水那里去，向主掌广天的永生神祇献上圣洁牺牲，天神才能允许你所希望的归程。’

“他这样说；我听了心情十分沮丧，因为他要我再次渡过云雾迷漫的大海到埃及去，路途是辽远而艰难的。但是我回答道：‘老头子，这些我一定遵命办到。可是我还要你告诉我这件事，要说实话；我和奈斯陀留在特罗的阿凯人是否都已经安全坐船回家了，还是有些人在船上遭到了惨死，或者在战争结束之后又死在自己人手里？’

“我这样问他，他立刻回答道：‘阿特留之子，你为什么要问这个问题？你不应该从我这里打听这些事；我敢说，在你听完之后，你不能不伤心落泪。他们许多人战死了，也有不少人留下来；两位披甲的阿凯战士的牧帅死在归家途中。你自己是参加了战争的。还有一位英雄还活着，可是被阻在宽阔的大海上。

“‘先说埃亚，他是死在长橹的船上的。波塞顿首先使他离开海洋，把他带到鸠瑞的巨岩上；虽然雅典娜讨厌埃亚，那时他还可以逃脱死亡的命运，如果他没有狂妄地说出傲慢不驯的话；他公开扬言说他违背天神意旨还是逃出了大海漩涡。波塞顿听到他夸口的话，立刻用巨手拿起叉来，向鸠瑞巨岩猛击一下，把岩石打成两半；一半留在那里，另一半被斫掉落到海里，这正是埃亚所在的地方；这样岩石就把他带下无底深渊，他就喝了苦咸的海水淹死了。

“‘你的哥哥由于神后希累的拯救，在弯船上逃脱了死亡的命运。当他靠近达马雷雅的陡岩的时候，他遭到风浪袭击；风浪呼号着把他又带到鱼龙出没的海上，驱向大陆的突出部分。那里是杜埃斯提居住的地方，当时属于杜埃斯提的儿子埃吉斯陀。他们看到那地方可以安全登陆，当时天也改了风向，他们就登陆了。阿加曼农走上故乡的土地非常高兴；他用手抚摸土地，吻着泥土，眼中流下很多眼泪，因为他热爱故乡的景色。那时有一个在烽火台上的哨兵看到了他；那个哨兵已经守望了一年时间，是阴险的埃吉斯陀派去的，答应给他两镒黄金作为酬劳；埃吉斯陀知道阿加曼农的勇力，怕他偷偷登岸。这个哨兵就到埃吉斯陀的家里去，报告他们的领袖；埃吉斯陀立刻布置了阴谋，从部族里挑选二十个最勇敢的人设下埋伏，命令在堂上准备酒宴，亲自带着车马去迎接众人的牧帅阿加曼农，阴谋要做不义的事。他把阿加曼农请来，后者并不知道死亡已经临近；埃吉斯陀在酒宴上杀死阿加曼农，就像杀死一条在厩里的牛那样。阿特留之子的伙伴和埃吉斯陀的同党都没有剩下一个，都在堂上自相残杀死掉了。'

"他说完话，我的心受到沉重打击；我就坐在沙滩上痛哭，不想再活下去，不想再看到太阳的光辉。但是当我辗转哭够了之后，那未卜先知的海中老人又对我说道：'阿特留之子，不要这样无止无休地痛哭吧；这样也没有什么用处，你还是快快设法回到故乡去好。也许你发现仇人还活着，也许奥瑞斯提在你到达之前就已经杀了他，你还可以赶上埃吉斯陀的丧礼呢。'

"他这样说了，我的心情又振作起来，虽然我很悲伤；我就立刻对他说道：'关于这些人的事我已经知道了；你还提到的另一位英雄，也许还活着，但是被宽广的海水所阻拦，也许已经死掉。我虽然很难过，我还想听听他的事。'

“我说完，他立刻回答道：‘那就是家住伊大嘉的拉埃提之子奥德修。我看见他在一个海岛上，在女神卡吕蒲索的住处，流泪不已；卡吕蒲索把他强迫留下，他也无法还乡，因为没有伙伴也没有船和桨送他越过大海的广脊。至于你自己，神裔曼涅劳，你的命运不是在牧马的阿戈遭到噩运死掉；永生天神将要把你送到大地边缘的伊吕西昂平原；黄发的罗达曼杜也在那里；那里的人生活非常悠闲，没有风暴雨雪，从瀛海吹来的清凉的西风使人精神爽快；这是因为你娶了赫连妮，成了宙斯的女婿。’

“他说完就潜入波涛汹涌的大海。我同我的勇敢伙伴们回到船上，心事重重，充满忧郁。我们来到海岸上船边，就准备晚饭；神异的夜色降临；我们就在海岸上睡觉。

“当那初生的有红指甲的曙光刚刚呈现的时候，我们首先把船拖到灿烂的海面上，又竖起桅杆，拉起船帆，大家上了船，一排排地坐在桨位上，用桨击打着苍波，我们又回到天降的埃及河边；我们停泊，献上牺牲，使事业得到成就。在我请求永生天神止怒之后，我又给阿加曼农造了一座坟，使他声名永垂不朽，一切做完了，我就启程回家；上天给我一阵顺风，很快地就送我回到故乡了。

“现在你在我家里住十一二天吧；到了时候我会好好送你上路，我要送给你贵重的礼物，包括三匹骏马和一驾华美的马车；还要送给你一个漂亮酒杯；你可以用它向永生天神祭奠，永远想起我。”

谨慎的帖雷马科对他说道：“阿特留之子，请你不要留我太久；当然我很愿意同你在这里住上一年，我也不会想念家乡父母，因为我很高兴听你讲话和说故事，可是我在圣洁的蒲罗的伙伴们已经不耐烦了，而你还把我长久留在这里。要是你想送我什么礼物，你还是送我一些财宝好了；我不能把马带到伊大嘉去，你自己留下欣赏吧，因为你管辖着广大的原野，有大量的苜蓿和菅草，小麦、黑麦和宽穗洁白的大麦；伊大嘉却没有宽广马路和草地；那是个牧羊的地方，比牧马的地方更舒适；一般海岛都不适于跑马，也没有多少草地；都是向着海的斜坡；伊大嘉尤其是那样。”

他说完，叱咤善战的曼涅劳就笑了；他拍拍帖雷马科的手，向他说道：“孩子，你的话可以证明你的血统是高贵的；我就更换一些礼物，我也能够这样做；我要把我家里最好，最珍贵的宝物送给你；我要送给你赫费斯特所造的精巧酒杯，整个是银的，杯口有金边；那是息东尼人的国王法狄摩送给我的；我在回家的路上在他家住过。我现在愿意把它送给你。”

他们就这样交谈着；参加酒宴的人走进这位英雄的王爷的殿堂，带来羊和使人兴奋的酒浆；他们的戴着美丽面纱的妻子又送来麦饼；他们就这样在堂上准备酒宴。

这时在奥德修的宫殿前面，求婚子弟们正像平常那样，十分嚣张，在一片平坦的场子上掷重投矛；安提诺和仪表如神的尤吕马科都坐在那里；他们是求婚人的首领，也是最勇敢的年轻人。佛洛留之子诺埃蒙走到他们面前，向安提诺问道：“安提诺，我们知道不知道帖雷马科什么时候从蒲罗沙滩回来？他去时带走了我的一只船。我现在需要那只船渡海到宽旷的伊利去；我在那里有十二匹母马，还有些未加驯服的骡子；我想赶一头来把它驯好。”

他说完，大家都很惊讶，因为他们以为帖雷马科还在庄田上同羊群和牧猪人在一起，没有想到他会到尼奈奥的蒲罗去。尤培塞之子安提诺对他说道：“你要老老实实对我说，他到什么地方去了，还有哪些年轻人跟他一同前往？那些伙伴是从伊大嘉人中间挑选出来的，还是帖雷马科自己的奴隶？他是有能力那样做的。你还要老老实实告诉我，是他硬把你的黑船拿走的，还是他用言语说服了你，你自己心甘情愿借给他的？”

佛洛留之子诺埃蒙回答道：“是我自愿借给他的。像他那样的人有事来请求你，你又有什么法子？拒绝答应他是很困难的。那些同他一起去的年轻人都是我们部族里最健壮的。我还注意到领队的是曼陀；也许那是一位天神，只是他一切方面都和曼陀一模一样；这件事我觉得很奇怪，因为昨天早晨我还看到英雄曼陀在这里，可是那时他应该已经乘船到蒲罗去了。”

他说完就到他父亲的住处去了。这时那两位贵族非常恼火；他们叫求婚子弟都停止竞赛坐下来；尤培塞之子安提诺情绪阴郁，怒气冲天，双眼有如熊熊烈火，在众人中气愤愤地说道：“哼！猖狂的帖雷马科到底做出了一件大事，可是我们要声明，他绝不能成功。这个小孩子居然违抗我们的意志，轻易地坐船离开，还带走了部族里最好的水手。这个人将来会变成我们的祸害的；但愿上天在他没有长大成人之前把他毁掉。现在给我一只快船和二十个伙伴，我要在伊大嘉海峡和萨弥的礁石中间设下埋伏，等他到来，让他这次寻找父亲的旅行遭到悲惨下场。”

他说完，大家都表示赞成，要他这样做，然后他们立刻起来，走进奥德修的殿堂。可是潘奈洛佩很快就听到了求婚子弟们策划的事，这是使者弥东告诉她的；他们正在里面阴谋筹划的时候，他在院外听到他们的话。弥东走进房间去把这件事报告给潘奈洛佩；他进了门，潘奈洛佩就问道："尊贵的求婚子弟们派你来有什么事吗？是不是要命令英雄奥德修的奴仆停下工作，给他们布置酒宴？但愿他们现在吃的是最后一顿饭，以后再不求婚胡缠了；他们一伙人在这里已经把聪明的帖雷马科的财产消耗不少了。难道你们过去幼年时候没有听到你们父兄说过，奥德修在你们上一代人中是个什么样的人？他在部族里没有说过不好的话，没有做过不好的事；虽然神圣的国王有这种权力，可以任意喜怒，但是他从来没有为非作歹，现在你们的意图和不正当的行为都很明显，将来也不会有人感谢你们所做的好事的。"

谨慎的弥东对她说道："王后，要是最大的灾祸只是这个，那样就好了；现在求婚子弟正在计划一件更严重的罪行呢；但愿阋阆之子不要让它实现。他们打算等到帖雷马科航行回来的时候，用锋利的青铜把他杀掉；他是到圣洁的蒲罗和美好的拉刻代蒙去探听他父亲的消息去了。"

他这样说；潘奈洛佩听了，心神不定，四肢无力，长久说不出话来，两眼充满了泪，也发不出声音，最后她说道：“使臣，我的孩子为什么要走？他没有必要登上快船，那是人们用来渡过宽广海路的骏马；难道连他的名声也不能留在人间吗？”

谨慎的弥东回答道：“我也不知道是什么天神鼓动了他，还是他自己愿意到蒲罗去，打听他父亲是否要归来还是遭了什么灾难。”

他说完就走出奥德修的宫邸。潘奈洛佩痛苦绝望；屋里有许多座椅，但她无力坐在椅子上；她就在精筑的闺房门口坐下痛哭起来；她身边所有的女奴，家里的一切仆人，无论老少，也都在悲泣。潘奈洛佩一面哭着，一面对女奴们说道：“朋友们，请听我说，奥仑波山的天神给我的痛苦，比我这一代的任何女人都要多；我已经失掉我的英雄高贵的丈夫；他的勇敢超过一切达脑人，在希腊和阿戈中部，他的威名远震；现在我的爱子又从家里被一阵风吹得无影无踪；连他什么时候动身我都不知道。你们真可恨，你们知道得很清楚，他是什么时候登上黑色的弯船的，可是就没有一个人想到把我从床上唤醒。要是我事先知道他打算走那条路，不管他怎么想走，我也要把他留下来，除非他让我在家里先死掉再走。你们现在去一个人快把我的老仆人杜利奥叫来；我父亲在我出嫁时把他交给我，来管理我的茂盛的果园；我要他立刻到拉埃提那里去，把这一切告诉他；也许他能想个办法，去求求他们；那些人正在打算消灭他和英雄奥德修的后代哩。”

她的保姆尤吕克累对她说道：“亲爱的夫人，你用无情的青铜把我杀了也好，让我留在家里也好，反正这件事我不能瞒你。这件事经过情形我都知道；我给了帖雷马科他所需要的东西，包括麦饼和甜酒；他命令我发个大誓，叫我不要告诉你，要等到十二天之后再说，除非你想念他，自己发现他已经离开，这是为了不让啼哭损害你的红颜。现在你该去洗个澡，换上干净衣服，然后到楼上去同你的侍女一起，向持盾的宙斯的女儿雅典娜祈祷；也许女神将来会帮助帖雷马科逃脱死亡。你不必给那受苦的老人拉埃提增加痛苦；我看幸福天神不会长期折磨阿凯西奥之子的后代，这所高大的宫殿和远处肥沃的庄田总会有人继续保管的。”

她的话使潘奈洛佩停止啼哭落泪。潘奈洛佩洗了澡，穿上干净衣服，就同侍女们到楼上去，在篮子里放了麦粒，向雅典娜祈祷道:“执盾的宙斯的女儿，不倦的神，请听我说;如果多智的奥德修曾经在家里向你焚献过肥美的牛羊股肉，现在就请你想起那些祭品，救救我的儿子，保护他不受狂妄的求婚子弟的迫害。”

她说完，又作了呼号;女神听见了她的祷告。这时求婚子弟们正在阴暗的殿堂上喊叫喧哗;在狂妄的年轻人中有人说道:“那位许多人追求的王后大概在准备婚礼哩;她还不知道她儿子就要面临死亡了。”

有人就这样评论着，可是未来的事他们并不能预料。安提诺这时对大家说道:“你们这些人不要乱讲吧，免得这家里有人把消息传出去。我们现在还是一声不响地离开，去完成我们的计划吧;那是我们大家所同意的。”

他说完就挑选了二十个最健壮的年轻人，一同去到快船和海岸上，首先把船拖到深水里，竖起黑色弯船的桅杆，在皮带上安好桨，把一切布置妥当，拉起白帆;健壮的侍从搬来兵器;他们把船停在港口深处，然后下了船，进了晚餐，等待夜色降临。

聪明的潘奈洛佩在楼上躺着，不进饮食，想着她高贵的儿子，不知道他能否逃脱死亡，还是要被狂妄的求婚人杀掉；她担心害怕，就像一只狮子在人群中感到恐惧，眈眈注视着猎人带来的圈套；后来酣梦降临，她四肢松弛，终于睡着了。

这时明眸女神雅典娜又出了一个主意；她制造了一个女人模样的幻象，假装是英雄伊加留的女儿伊芙谛弥，她是住在菲拉的尤弥洛的妻子。女神把这个幻象送到英雄奥德修家中悲伤啼哭的潘奈洛佩那里，好让她停止流泪。伊芙谛弥穿过关着的门，进了闺房，站在潘奈洛佩的头边，向她说道："可怜的潘奈洛佩，你睡着了吗？幸福的天神叫你不要悲伤啼哭，因为你的儿子会回来的；天神并不对他怀着恶意。"

聪明的潘奈洛佩这时刚刚入梦，正在酣睡；她回答道："姐姐，你怎么到这里来了？你过去并不常来，因为你住的地方很远。你叫我不要过分伤心，不要悲伤啼哭，可是我已经失掉我的英勇高贵的丈夫；他的勇敢超过一切达脑人，在希腊和阿戈中部他的威名远震；现在我的爱子又坐着弯船走了；他还是个小孩子，没有受过劳苦，也没有处世经验；我为我儿子比为我丈夫更担心害怕，生怕他在海上或者在所去的部族中遇到什么灾祸；许多怀有敌意的人都阴谋要害他，想在他回到故乡之前就把他杀掉哩。"

那幽暗的幻象回答道："你不要太担忧，放心好了；帖雷马科有天神给他带路，就是世人祈求帮助的帕拉雅典娜；那是一位很有力量的神；她也同情你的悲痛心情；就是她派我来告诉你的。"

聪明的潘奈洛佩对她说道："如果你真是一位天神，并且听到天神的启示，请你对我这个不幸的人说明，奥德修究竟是活着，还看到太阳的光辉呢，还是已经死了，进入阴间？"

那幽暗的幻象回答道："他是死是活，我不能详细告诉你；说一些空话是不好的。"

她说完就从关好的门溜出去，随风而逝。伊加留的女儿从梦中惊醒，心里宽慰了一些，因为在黑夜中她看到一个很清楚的幻象。

这时求婚子弟都上了船，在海路上航行，心里计划着要帖雷马科遭到凶死。在海中心有一个石屿，在伊大嘉和崎岖多山的萨弥岛之间，名叫阿斯代里岛；这不是一个大岛，但有一个停泊的港口，两边可以出入；阿凯人就埋伏在这里等候帖雷马科经过。

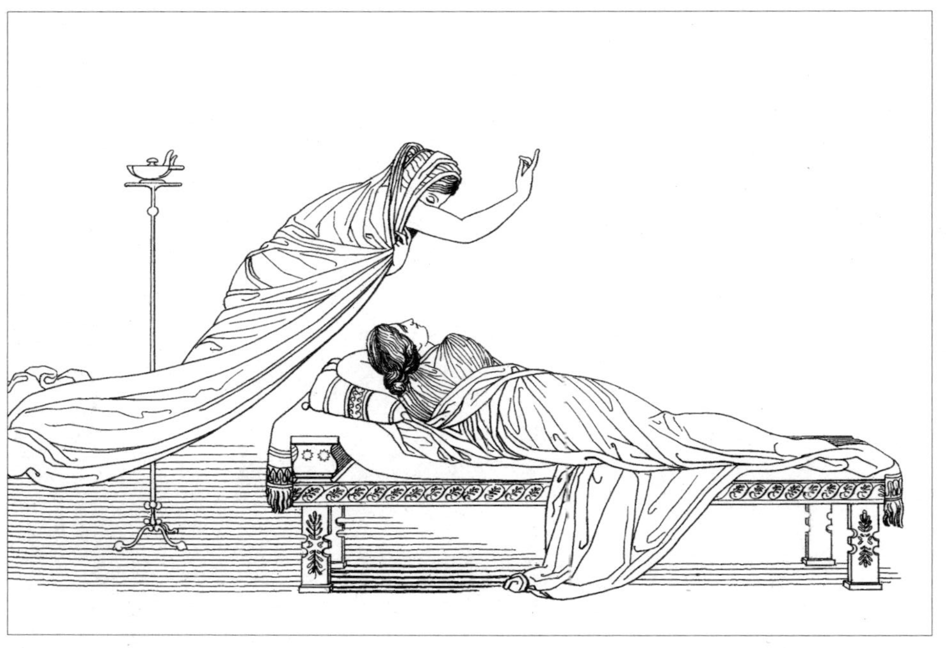

潘奈洛佩的梦

卷　五

睡在提通诺王子身旁的曙光女神才从床上起身，给永生天神和凡人带来光明；这时天神们正在坐着进行会议，其中有高高掌握着霹雳的宙斯，他是享有最高权力的神。雅典娜惦记奥德修还留在那位女神家里，就向大家说起奥德修经历的种种苦难，提醒他们注意，“天父宙斯和其他极乐永生的天神们，英雄奥德修曾经像慈父一样统率他的人民；要是没有一个人还怀念他，此后执节的国王就不必和善仁慈，也不必公正办事；让他们今后变得暴虐残忍，多行不义好了。他现在留在一个岛上，受着极大苦难，住在女神卡吕蒲索家里；卡吕蒲索强迫他留下，他也无法还乡，因为没有伙伴也没有船和桨送他越过大海的广脊。现在他们又打算把他的爱子在归家途中杀掉；帖雷马科是到圣洁的蒲罗和美好的拉刻代蒙打听他父亲的消息去的。”

聚集云雾的宙斯回答道：“我的孩子，你说的是什么话？你不是已经安排好，要奥德修回来向他们报复吗？至于帖雷马科，你可以用你的智慧帮助他；这件事你是做得到的；你可以让他安全回到故乡，让那些求婚子弟们坐船白跑一次，空手转回来。”

他说完，又向他的爱子赫尔墨说道：“赫尔墨，你过去曾经给我们多次传达旨意；现在你到华鬘女神那里去，关于勇敢的奥德修怎样回家的问题，可以把我们的意见直率告诉她。他回去没有天神和凡人给他带路，他可以乘一只牢固的船，经历二十天的风险，到达丰裕的斯赫里，那是腓依基人居住的地方；腓依基人是天神的亲戚，他们将像对待天神一样尊敬他，用他们的船送他还乡，还要送给他很多青铜、黄金和衣饰，比他从特罗获得的还要多，如果他把自己分到的战利品全部毫无损失地带回来的话。命运注定奥德修是要回到他的故乡和高大的宫室，看到自己的亲人的。”

他说完话，那位斩魔的神使没有迟疑，立刻把他的华履系在脚上；那是一双金光灿烂、具有神奇力量的鞋子，可以带他像一阵风那样经过海水和无边的陆地；他又拿起他的神杖；他用那神杖随时可以使人闭上眼睛，又可以使酣睡的人醒过来。有强大神力的斩魔神持杖飞行，从空中降落到辟埃里，又落到海面上，然后像一只鸟似的掠过波涛；正如一只鹭鸶飞越荒凉大海的可怖漩涡，去猎取游鱼，海水沾湿了华羽，赫尔墨正是这样飞过了重重波浪；等到他到达那辽远的海岛的时候，他离开幽碧的海水登上陆地；然后他来到一个巨大的石洞；就是那华鬘女神居住的地方；他看到她在山洞里；灶里火烧得正旺；柏木和枣木的劈柴燃烧时发出香气，散到海岛各处；女神正在洞里用金梭在机前织布，同时用美妙的声音唱歌。石洞附近树木茂盛，有赤杨、白杨和香柏；修翎的禽鸟栖息在树林里，有枭，有鹰和长舌的乌鸦，还有在海上忙着觅食的海鸥；在空凹的山洞外还蔓延着茂盛的葡萄，结着累累果实；四条清泉排成一行，彼此相隔不远，然后东西分流；旁边还有柔软的草地，地上有紫堇和野芹开着花；就是永生天神来到这里，看到这种种风景，也要流连忘返；斩魔的神使就停下欣赏风景；他观赏了一切景物之后，立刻走进宽深的石洞。美貌的女神卡吕蒲索一眼就认出了他，因为永生天神即使居处相距很远，也相互认识。赫尔墨却没有在洞里看到英雄奥德修；这时奥德修还像平常那样，正坐在岸边悲伤叹息，望着荒凉大海，流着眼泪，折磨他自己。美貌的女神卡吕蒲索请赫尔墨坐在光滑的座位上，向他问道：“执金杖的神赫尔墨，我尊敬亲爱的神，你为什么到这里来？你过去是很少来的。请你告诉我你有什么事要办，只要是应该办的事，只要我能办到，我就愿意遵命办到。现在请让我先招待你。”

她说完，就在赫尔墨面前放好餐几，上面摆好天神享用的饭食，又掺好红色的神酒。斩魔的神使就开始吃喝；当他已经吃饱喝足之后，他对她说道：“女神，你既然要我说出我来此的目的，我就直率地告诉你；并不是我自己要来，是宙斯叫我来的。谁也不愿意越过这样无边的海水，附近也没有城市居民向天神供献祭礼和圣洁的牺牲；但是一个天神不能违抗持盾的宙斯的意旨。宙斯说你这里有一位英雄，他遭受的苦难比任何人都要多；其他英雄们在围攻普里安王的城堡九年之后，在第十年打下了王城，启程回家；在归途中他们得罪了雅典娜；雅典娜带来狂风巨浪，奥德修的勇敢伙伴们全都死了，只有他被风浪带到这里。宙斯现在命令你把他立刻送走，因为他不应该离开亲人死在异乡；命运注定他要回到故乡和他高大的宫殿，再看到他的亲人。”

他说完话，女神卡吕蒲索吃了一惊，对他激动地说道：“你们天神真残酷无情，你们专门妒忌旁人，看到女神要把凡人当作她的亲爱配偶，同他公开成婚就不高兴。过去红指甲的曙光女神曾带走奥瑞翁，你们生活闲雅的天神们就不高兴起来，让黄金宝座的幽静女神阿特密在奥屠吉把他用温柔的箭射死。还有过去华鬘的女神狄密忒爱上了耶西翁，在三耕的田野上同他睡觉，宙斯不久就发现了这件事，用灿烂的霹雳把耶西翁打死了。现在天神们，你们又妒忌我，因为我同一个凡人住在一起。当奥德修孤零零地骑在船脊上的时候，是我拯救了他。当时宙斯用灿烂霹雳在葡萄紫的大海上把他的快船打成碎片，他的勇敢的伙伴全都淹死了，只有他一个人被风浪带到这里；我款待他，给他饮食，并且答应让他长生不死，永不衰老。可是既然任何神祇都不能违抗持盾的宙斯的意旨，就叫他走好了；让他渡过荒凉大海，如果这是宙斯的命令。我可是不能送他上路，因为我没有船橹和船夫带他越过大海的广脊，但是我可以给他出主意；我也决不隐瞒任何东西，让他可以安全还乡。”

斩魔的神使又对她说道：“那么你现在就放他走吧，免

赫尔墨向卡吕蒲索传达旨意

得宙斯动怒，对你发脾气。”

有威力的斩魔神说完话就走了。女神听到宙斯使者的话，立刻去找英雄奥德修；她看到他坐在岸边，两眼不断流泪，消磨着美好的生命，怀念着归程。女神也无法使他高兴；在夜里他不得不在深广的石洞里和她同寝；她虽然爱他，但他并不情愿；白天他就坐在海滩的石上以哭泣悲叹来折磨自己，对着荒凉的海水流泪。美貌的女神走到他身旁，对他说道:“不幸的人，不要这样消磨你的生命，不要长吁短叹了。我现在自愿放你离开。你现在用青铜砍下几根大木材，做一个宽大的筏子，安上相当高的船板，好带你渡过雾气迷漫的海水。我要为你装上你需要的粮食和红酒，不让你受到饥饿；我还要为你备好衣服，再给你一阵顺风，让你安全回到故乡，只要这是统治广天的神祇的意旨；他们比我有更大的决定权力。”

她说完话，久经考验的英雄奥德修吃了一惊，向她激动地说道:“女神，你大概另有打算，并不是要送我回家；你叫我乘木筏渡过险恶可怕的大海深渊，可是坐着宽大的快船有顺风相送，也不容易渡过啊。女神，我不想违背你的心愿坐木筏离开，除非你先发一个大誓，不计划什么灾祸害我性命。”

他说完，美貌的女神卡吕蒲索笑着用手拍拍他说道：“你真是个坏家伙，主意可不少，居然想出这种话。好吧，我就以大地、广天以及地下的黄泉为证，作一个极乐天神们最大最厉害的誓言：我决不计划什么灾祸害你性命；我将安排你的事，就像我在必要时为自己准备的一样。我有我的道德；我的心并不是铁打的；我也有怜悯之情呢。”

美貌的女神说完立刻带路，他就跟随前去。女神和凡人到了宽深的山洞里，奥德修在方才赫尔墨所坐的椅子上坐下，女神在他面前放下各种凡人用的饮食，她自己坐在英雄奥德修对面，女奴在她面前又放下天神用的饮食。他们吃饱喝足之后，美貌的女神卡吕蒲索开口说道：“神裔拉埃提之子，足智多谋的奥德修，现在你愿意回到故乡去了吗？我祝愿你一切顺利。可是如果你能预料到要经历多少苦难才能还乡，那你尽管渴望看到你天天怀念的妻子，你也会甘心留在这里，同我守着这所住宅，过长生不死的生活了。我自认我的身材容貌并不比她差；凡人的容貌身材总是不能同神人相比的。”

多智的奥德修回答道：“尊贵的女神，请你不要为这件事生气；这一切我自己也晓得；聪明的潘奈洛佩在身材和容貌上都比不过你；她不过是个凡人，你却长生不老。可是我还是天天怀念，想要回家，想看到还乡的那一天；哪怕天神在葡萄紫的大海上打击我，我也有忍受苦难的决心，可以坚持下去。我已经经历了许多风浪和战斗，受过许多苦，再加上这次的苦难也不要紧。”

他说完，太阳落下，黑夜降临，他们就到宽深的山洞里面，睡在一起，尽情欢乐。当那初生的有红指甲的曙光刚刚呈现的时候，奥德修立刻穿上他的内衣和外套；女神穿上一件精美耀目的银色长袍，腰上系上美丽的金带，头上戴了面纱，准备把英雄奥德修送走。她交给他一把称手的青铜大斧，两面有刃，装上结实精美的橄榄木把；又给他一个磨光的锛子；然后带他到海岛的尽头，那里大树很多，有赤杨、白杨，还有高接云霄的柏树；那些树早已枯死干透了，可以在水上漂浮。女神卡吕蒲索给他指出哪些地方生长大树，然后就回家去了。奥德修开始砍树，进行很快，一共用铜斧砍下二十株树，把树身削光弄直。这时女神卡吕蒲索又给他拿来一个钻子；奥德修在木材上钻了孔，把几块木材拼合起来，又用木橛钉上，奥德修就像一个熟练的木匠设计一只宽底货船那样做好他的大木筏；然后他装上舱板，把船板钉在紧密的船肋上，装上长长的船舷，在船里立上桅柱，上面加上船桁，把操纵方向的船舵做好，在船的四周扎上柳条来抵御波涛，堆上许多树枝；这时女神卡吕蒲索又给他拿来做帆的布，奥德修就把帆做好，在船上扎好转帆索，升降索和帆脚索，然后用滚子把船送到灿烂的海上。

到了第四天，一切准备就序；在第五天美貌的卡吕蒲索给奥德修沐浴，穿上熏香的衣服，送他离开海岛。女神在船上放上一皮囊的纯酒，还有一大皮囊装着清水，还有一袋干粮和很多好吃的菜肴；她又给他一阵温和的顺风。英雄奥德修高高兴兴地迎风拉起船帆，坐下来熟练地用舵指挥航路，睡意从不落到他眼上，他望着昴宿和降落很迟的大角星和世人也称为天车的北斗星；北斗星是指着参星，始终在一处运转，唯一不在瀛海中洗浴的星；女神卡吕蒲索告诉奥德修，渡海时要一直航行在这星的左边。他在海上航行十七昼夜，在第十八天，腓依基的隐约山影在前面不远的地方出现，在雾气迷漫的海上，好像是一个牛皮的盾牌。

这时摇撼大地的尊神波塞顿正从埃塞俄比亚人那里回来；他远远从苏吕谟的群山那边看到奥德修渡过大海；他心

中恼恨，就摇着头自言自语地说道：“哈！看起来天神们利用我到埃塞俄比亚人那里的机会，给奥德修作了另一种安排；他已经距离腓依基人的地方不远，命运注定他一到那里就可以逃脱苦难了，可是我还是要他先受够罪。”

他说完，就聚合云雾，拿起三股叉搅动大海，唤起各种各样的风，用乌云笼罩大地和海洋，黑夜从天上涌下，东风和南风互相冲击，锐厉的西风和霜气所生的北风卷起巨浪。这时奥德修心惊腿软，感觉不安，就对自己说道：“唉，我真倒霉，不知最后要碰到什么结果。看起来女神的话都要应验了；她曾说过，在我还乡之前我将在海上受尽折磨，这一切现在已经实现。宙斯集合这么多云雾，笼罩广阔天空，使大海扰动，用各种各样的风攻击我；看来我一定要遭到惨死。那些过去为阿特留之子奋战而死在特罗旷野的达脑人要比我幸运三四倍。我要是也在那时死掉就好了；要是我在那一天，当成千的特罗人用青铜锐矛进攻我们的时候，也战死在辟留之子的身边，我将得到丧礼，阿凯人也要传说我的威名，而现在我却要死得无声无臭。”

他正说着，一片巨浪从他头顶上扫下来，给了他一次可怕的打击，使他的木筏旋转；他被打到离船很远的地方，船舵从手里落下，混乱的狂风把桅杆从中折断，船帆和船桁都被丢得很远。奥德修很长时间被打到水底，在波浪的重压下无法升起，女神卡吕蒲索给他的衣服使他下沉。最后他到底升到水面，嘴里吐出苦咸的海水，头上流下许多水；可是他虽然精疲力尽，并没有忘记木筏；他在波浪中向它跃去，把它抓住；他坐在木筏当中来逃避灭亡；巨浪把船一下带到这边，一下又带到那边；就像秋天的西北风在平野上吹着紧紧靠在一起的蓬草，这些风把船在海上吹得团团转；一时南风把它吹给北风带走，一时东风又把它交给西风驱逐。

这时纤踝的伊诺看见了奥德修；她就是嘉德谟的女儿琉科赛，过去是说凡人言语的普通人，现在她在大海深处享受天神的荣誉。她看到漂游的奥德修这样受苦，就动了怜悯之心；她变成一只海鸥，从海里飞出来，落到坚实的木筏上，向奥德修说道："不幸的人，摇撼大地之神波塞顿为什么要对你这样大发脾气，让你受许多苦？可是不管他怎样生气，他也不能弄死你的。现在你要这样办，我想你会懂我的意思；你把衣服脱掉，离开木筏，让它随风吹走，用你的手游水，努力到达腓依基人的土地；你命里注定到了那里就会脱离灾难的。你把这条有神力的纱铺开，放在胸下，你就不必害怕遇到什么灾难和死亡了。等到你用手抓到陆地的时候，你再把这条纱拿开，把它扔到葡萄紫的大海里，要扔得远远的，然后转身不去管它。”

女神说完话，就把她的面纱交给他，自己又化成海鸥模样，沉到波涛汹涌的大海里，阴暗的波浪就把她隐没了。历经艰苦的英雄奥德修心里盘算着，还是不放心，就对自己说道：“唉！这会不会是哪一位天神又来用计骗我，要我放弃木筏？我看还是不要听她的话为妙，因为我已经可以亲眼看到陆地就在那边，她说我到达那里就可以逃脱灾难了。我看最好还是这么办：只要船板还钉在一起，我就忍受苦难，留在木筏上；要是波浪把我的木筏打散了，我就去游水，因为到了那时也没有更好的办法了。”

当他正在这样盘算着，摇撼大地之神波塞顿又掀起一片巨浪，沉重而可怕，从上面向他压下来。就像一阵狂风掀起一堆干草，把它分散到各处，天神正是这样把那些长条船板打成片片。奥德修像骑马一样跨在一条木头上，立刻把女神卡吕蒲索给他的衣服脱掉，把纱铺开，放在胸下，跳到海里，伸出双臂，准备游水。摇撼大地的尊神看见了，就摇着头自语道：“现在你受了许多灾难之后，还要在海上漂流，

琉科赛保护奥德修

一直到你到达那天神护佑的种族才能得救；你休想小看眼前的困难。”

波塞顿说完话，就催着长鬃的马回到埃伽，他的显耀的神宫就在那里。可是宙斯的女儿雅典娜却另有打算；她阻止群风的道路，叫它们停下来，都去睡觉，只唤起迅速的北风，打碎前面的波涛，好让神裔奥德修逃脱死亡，到达喜欢用桨的腓依基人那边。

奥德修在汹涌的波浪里漂浮了两天两夜，好几次觉得灭亡已经来临，可是待到华鬘的曙光女神带来第三天，风就停下来了，带来无风的宁静；当他被巨浪带起的时候，他注意看着前面，就看到了陆地。正如一个父亲长期不幸被病折磨，身体消瘦，后来上天把他从灾难中解脱出来，他的孩子看到非常高兴，正是这样，奥德修看到了陆地和丛林也感到高兴；他就用力游水，想登上陆地；可是当他离开陆地只有人声所及的距离的时候，他听到海水撞击礁石，发出嚣音，巨浪向干燥的陆地咆哮，发出可怕的吼声，一切都隐盖在浪花里；那里没有海湾，也没有可以停泊的港口，只有突出的礁石和悬岩峭壁。奥德修四肢无力，感到灰心绝望，十分不安，心里想道：“唉！在我绝望时上天让我看到陆地，我就努力渡过了这一片汪洋，可是看来我还是没有办法离开幽暗的海水；前面是乱石崚嶒，四围有波涛奔腾咆哮，还有悬崖峭壁；岸边的海水又深，两脚不能站稳，没法逃脱灾难；我要是试图上岸，巨浪就要抓住我，冲向崚嶒的岩石，我的努力将徒劳无功；我要是再向前游，试图找到波平浪静的海港和沙滩，我恐怕又要被风浪抓住，把我喊叫着带回鱼龙出没的海上，那时天神也许要从海里唤出什么巨兽来攻击我，女神安菲特丽提生育了许多那样的怪物；而且我知道那显赫的摇撼大地之神是讨厌我的。”

当他正这样考虑的时候，大浪又把他带到崚嶒的岩石旁边；要是没有明眸女神雅典娜给他想了办法，他就要粉身碎骨了；当他冲上去的时候，他用双手抓住了岩石，呻吟着紧紧抓住，直到大浪冲过去，才逃脱了这次灾难；可是波浪退回时又冲击了他，把他远远丢到海里；正如一只乌贼鱼被人从洞里拉出来，它的脚上还吸住很多石子，奥德修就是这样，岩石把他有力的双手上的皮撕掉，大浪又把他盖住；如果不是有明眸女神雅典娜给了他一个主意，这个不幸的人这时几乎在命运注定的时间之前死亡。他从冲向岩石的波浪中挣扎出来，离开漩涡，看着陆地，企图找一个波平浪静的海港和沙滩。他游着水，就发现一条平静河流入海的地方，看起来最合适；那里没有礁石，而且还有荫蔽地方可以避风。他认出这条河口之后，就向河神祷告说道：“尊贵的神，不管你叫什么名字，请听我的呼吁。我向你求援；我想要逃脱大海和波塞顿的威胁，你是我的唯一希望；永生天神应该尊重一个流浪者的祈求；我正是作为一个这样的人，在经历许多苦难之后，到达你的河流，向你祈求。尊贵的神，可怜我吧，我希望得到你的庇护。”

他这样祈祷着，那河神就阻挡了波浪，遏止它的流水，使他面前的水平静下来，让他安全游到河岸。奥德修垂着健壮的胳臂，双膝跪在地上，因为大海耗尽了他的气力；他的皮肤浮肿，大量海水从口鼻流出；他躺在那里，喘不过气来，也说不出话，也没有力气转动，精疲力竭。当他的气力恢复了一些，又有了精神的时候，他把女神的面纱解下，让它随着流向大海的潺潺河水漂去，大浪就把它顺流带走，又回到伊诺的手里。

奥德修离开河口，躺在芦苇里，吻着生长五谷的土地，还是不放心，这位英雄就自语道：“唉！不知道还要遇到什么灾难，不知道最后到底怎么样。如果我在河岸边度过这难熬的一夜，寒霜凉露就要冻坏我，因为我已经精疲力竭，清晨河边的风是很冷的；可是如果我爬上坡，到林荫丛莽中休息，逃避寒冷和疲倦，我又怕在我做着好梦的时候，要被野兽啣去吃掉。”

他考虑结果，还是觉得后一个办法好些；他看到离河水不远，在一片空旷地带有一片丛林；他走进树林，爬到生在一起的两丛灌木下面，一丛是野榛，一丛是橄榄；这里潮湿的冷风吹不进去，太阳的光辉也照不到，连雨都打不透；两丛灌木相互纠缠在一起，长得十分紧密。奥德修爬进丛莽，立刻用手把许多落叶堆成一个宽大的床铺；这里的落叶足够在最寒冷的冬天藏盖两三个人。受尽苦难的英雄奥德修看到这个就高兴了；他躺在中间，把落叶堆在身上，就像一个无亲无友的人在荒野把火种藏在寒灰里保存起来，用不着再到别处去寻火种，奥德修也是这样用树叶盖起自己。雅典娜在他眼上洒下睡梦，让他闭上眼睛，立刻解除他的艰苦疲劳。

卷　六

久经考验的英雄奥德修躺在那里，沉入疲劳和睡梦中；这时雅典娜又去到腓依基人的部族和都城；腓依基人原来是住在休培里的宽旷地方的，同狂妄无礼的独目巨人们距离不远；独目巨人们比他们强大，经常攻掠他们，高贵的劳西陀就带着部民，迁居到斯赫里，远离劳苦的人们。他建立了都城，筑起房屋，盖起祭神的庙宇，划分耕种的土地，可是他早已被命运征服，下到幽土去了，现在的国王是阿吉诺，天神赐给他智慧。明眸女神雅典娜来到他的宫殿，设法使英雄奥德修的归家能够成功。她来到一间华美的寝室，在那里有一位容貌身材都像天神一样的少女正在睡眠，那就是英雄阿吉诺的女儿劳西嘉雅。她旁边有两个侍女，睡在门柱旁边，都有天赋的美貌。灿烂的房门紧闭着，但是女神像一阵风那样就来到那少女的床旁，站在她的头边，向她说话；她变作著名航海人杜马的女儿；那个女孩子与劳西嘉雅年龄相同，劳西嘉雅很喜欢她。明眸女神雅典娜装作她的模样对劳西嘉雅说道："劳西嘉雅，你的母亲怎么生了你这样不动脑筋的女儿？你把你的漂亮衣裳放在一边不管，可是你结婚的日子快到了，那时你需要穿上好衣裳，也要给侍女们打扮一下；一般人就是根据这些才传扬你的名声，那样你的尊贵的父母也会高兴的。到了早晨我们去洗洗衣服吧；我也要跟你去，帮助你快点准备好，那时你就不必做处女了；你已经有我们王城里和你同一种族的，出身最高贵的人向你求过婚。明天清早你要叫你的高贵父亲为你准备骡子和车乘，放上袍带衣裳和漂亮的毡子；你坐车去要比步行好，因为洗衣的水池离城有相当距离呢。"

明眸女神雅典娜说完就回到奥仑波山去了；人们传说那里是永生天神居住的地方；那里没有风吹雨打，也从不落雪，天净无云，笼罩着一片白光；幸福的天神就在那里终日欢乐；明眸女神对她说完话，就到那里去了。

宝座辉煌的曙光女神不久就降临人间，唤醒了华裙的少女劳西嘉雅。她想起梦境十分惊奇，就出了房门去告诉她的父母，她看到她的父母都在堂上，母亲同女奴们在一起，坐在灶旁，纺着紫色的线；她父亲正要出去参加腓依基贵族们召集的重要王侯们的会议。她走到她父亲身边，对他说道："亲爱的父亲，你能不能给我准备一辆高大快速的骡车，我好把我的好衣服拿到河边去洗洗；堆在那里的衣裳都脏了；当你同王侯们一起开会的时候，也需要有干净衣服穿；你家里有五个儿子，两个结过婚，三个还是健壮的童男，他们也想穿上新洗的衣服去参加舞会的；这些都是我应该考虑的事。"

她这样说，可是她不愿对父亲提到她的欢乐的婚事。阿吉诺很明白她的意思，就回答道："我不拒绝给你骡子，我的孩子，也不拒绝给你别的东西；你就去吧；仆人们会给你备好一辆有车篷的高大快速的骡车的。"

他说了，就吩咐好仆人；他们就执行他的命令，在殿外备好一辆又快又稳的车子，又带来骡子驾好；年轻的姑娘从屋里拿出来漂亮的衣裳，放在光滑的车上；她母亲给她装上一箱各种好吃的点心和菜肴，又放上一皮袋的酒；年轻的姑娘上了车，她母亲又给她一个金瓶，装满柔滑的橄榄油，那是为她和侍女们洗浴时用的。劳西嘉雅拿起光滑的缰绳和鞭子，用鞭子打骡子；一阵蹄响，双骡就载着年轻姑娘和衣裳很快地驰去；劳西嘉雅不是单身去的，同她一起还有她的侍女们。

她们来到那美好的河边，那里的水池经常是满的；大量的清泉从地下涌出，可以洗干净一切污秽。她们从车上卸下骡子，把它们放到水波回旋的河边去吃蜜甜的青草，用手抱下车上的衣裳，拿到幽暗的水边，然后大家忙着在河里踩衣服；她们把衣裳洗好，去净所有污迹，又把衣服晾在岸边，摆成一行，靠近海水冲洗崖石的地方；她们洗了澡，又涂了很多橄榄油，然后在河边吃野餐，等待衣裳被太阳晒干。劳西嘉雅同侍女们吃完饭，就去掉头纱去扔球；素臂的少女劳西嘉雅又带领她们唱歌。正如锐矢女神阿特密在林野游荡，经过高高的条格特山或埃吕曼陀山，猎杀野猪和捷足的鹿，同她在一起嬉游的还有持盾的宙斯所生的山林女神，这使黎陀看了感到高兴；阿特密在女神中出类拔萃，很容易辨认出来，虽然她们都很美丽，这位未婚的少女正是这样在众人中发出光彩。

当她们开始驾上骡子，收起漂亮衣裳，准备回家的时候，明眸女神雅典娜又想了一个主意，要把奥德修惊醒，使他见到这位美貌的少女，好让她领他到腓依基人的都城去。这时那位公主正把球扔给她的一个侍女；对方没有接着，球就落到深深的水里，大家都大声叫起来。英雄奥德修被惊醒坐起来，心里盘算着想道："哎呀，我现在不知道是到了什么种族的地方，不知道他们是狂妄野蛮、多行不义的人，还是多礼好客、敬畏天神的人。我仿佛听到一些少女们的声音；她们也许是住在山峰和泉水草原之间的山林女神，也许我靠近说普通语言的种族；我还是去试一试看一看吧。"

英雄奥德修这样想着，就从榛莽里钻出来；他用健壮的手从灌木丛中折下一根带叶的树枝，拿它遮盖他的裸体。他就像一头生长在荒野的狮子，冒着风雨，两目眈眈，勇猛多力，由于肚子饥饿，走到牛羊或野鹿群中，甚至想闯进坚固的庄园去袭取牲口；奥德修就这样走到华鬘的少女群中，虽然迫不得已，身上一丝不挂。从她们眼里看来他的形状很可怕，海水又把他身体弄得很龌龊；她们畏缩着，在突出的河滩上到处奔逃，只有阿吉诺的女儿单独留下没有跑，因为雅典娜给她心里加上勇气，使她不致战栗。劳西嘉雅就站在那里，面对着奥德修；奥德修盘算着，是去抱住这位美貌的

劳西嘉雅扔球

姑娘的膝，向她请求好呢，还是站着不动，只用温和的话求她，希望她指引王城的方向并且给他衣服穿；他盘算结果认为还是站着不动，只用温和的话求她妥当一些，免得那位姑娘由于他前去抱她的膝而发怒。他就用温和而谨慎的口气向她说道：

“尊贵的姑娘，我向你恳求；我也不知道你是天神还是凡人，如果你是一位执掌广天的神，我猜想你一定就是伟大的宙斯的女儿阿特密，因为你的容貌和身材同她一样；如果你是居住在大地上的凡人，那样你的父母真是十分幸福，你的兄弟也是十分幸福；我想，他们看到这样苗条的好姑娘参加舞会的时候心里一定经常为了你感觉温暖快慰；可是那一个能用聘礼赢得你，娶你回家的男人要比任何人更幸福，因为我在凡人当中，无论男女，还没有见过这样一位美人；看到你，我感到惊奇。我在狄罗的阿波龙神坛旁边看到过一株枣树的幼芽；我是同许多人一同去到那里的；在那次旅程中我遭到了坏运；我当时也是这样感到十分惊奇，因为土地上从来没有生长过那样美好的树；现在我看到你，姑娘，也感到同样惊奇，因此虽然我现在处境很困难，我却十分胆怯，不敢去碰你的膝。自从狂风大浪把我从奥鸠吉岛吹走，到了第二十天，就是昨天，我才从葡萄紫的海水中逃脱；命运把我送到这里，也许还要我受一些苦；我的苦难大概还没有到头，天神们恐怕还要我受很多苦。尊贵的姑娘，请你可怜我；我受了许多苦难之后，第一个碰到的人就是你；我不认识占有这片土地和城镇的任何人；请你给我指出进城的方向；如果你来时带来什么包袱的话，请你给我一些破布遮盖身体；我希望天神满足你的一切心愿，赐给你丈夫、家室和最美满的生活；世上没有比大妇同居意气相投更好的了，那是仇者所深恶，亲者所快慰的；亲身经历过的人比旁人更清楚这一点。”

素臂的少女劳西嘉雅对他说道：“外乡人，看来你不像是一个坏人或糊涂人；奥仑波山的宙斯按照他的意旨，给好人和坏人降福降灾；你的命运是他决定的，你只好忍受吧。可是你现在既然来到我们的地方和我们的都城，只要是一个求帮助的受苦人所应有的衣服和其他东西，你都不会缺乏的；我就指示给你王城的方向，也要告诉你这里居住的是什么人；占有这个王城和土地的是腓依基人；我是英雄阿吉诺的女儿；腓依基人的强盛都归功于阿吉诺。”

她说完就吩咐她的华鬘的侍女们说道：“侍女们，站住吧；为什么看见人来就跑？你们不必认为这里有不怀好意的人；现在和将来都不会有人怀着敌意到腓依基来的，因为永生的天神宠爱我们。我们居住在波涛汹涌的大海里，在人类的尽头，没有任何人同我们来往。这不过是一个不幸的人漂流到了这里；我们应该款待他，因为一切异乡人和求援者都是从宙斯那里送来的，礼物虽小，情意重大；你们现在给客人准备些饮食吧；让他找一个避风的地方，在河里洗洗身体。”

她这样说，侍女们就彼此招呼着停止奔窜，然后按照英雄阿吉诺的女儿劳西嘉雅的吩咐，请奥德修在一个避风的地方坐下来；她们在奥德修身旁放下衬衣和外套，递给他金瓶装的柔滑的橄榄油，并且叫他到河里去洗个澡。这时英雄奥德修就对侍女们说道：“侍女们，请站开一些，我好自己洗净肩上的盐污，涂上橄榄油，我好久没有用油涂身体了。可是我不能当你们的面洗澡，因为在华鬘的少女面前赤身露体我感觉羞耻。”

他这样说，她们就走开了，告诉劳西嘉雅姑娘。英雄奥德修用河水洗掉他宽阔的两肩和背上的盐污，又把头发上海水留下的泡沫擦干净；他洗完身体又涂上油之后，就穿上那位未婚处女给他的衣服；这时天帝女雅典娜使他形象更加高大，使他头上鬈发下垂像水仙花一样；有如一位得到赫费斯特和帕拉雅典娜传授各种技艺的巧匠，在银器上镀上一层黄金，使得器皿更加悦目，女神就这样在他头肩上洒下一层光彩。奥德修就走到海岸上坐下，容光焕发；那位年轻姑娘看了不禁惊奇，就对她的华鬘侍女说道："素臂的侍女，听我说，我看这个人来到高贵的腓依基人这里，一定是主管奥仑波山的天神们的意旨。我最初觉得他很粗野，现在他的仪表却同掌管广天的众神一样。我真希望有这样的人自愿留在这里居住，做我的丈夫。现在侍女们，给客人弄点饮食吧。"

她说完话，侍女们就遵命办理，在奥德修面前放下饮食；久经考验的英雄奥德修就尽量吃喝；他已经好久没有吃东西了。然后素臂少女劳西嘉雅又有了一个主意；她把衣服叠好，放到华美的骡车里，驾上健蹄的骡子，自己上了车，就叫起奥德修，向他说道："外乡人，现在起来到城里去吧；我要把你送到我的智慧的父亲家里。我可以告诉你；你在那里可以看到所有最高贵的腓依基人。可是你要按照我的话去做；我想你会明白我的意思。当我们经过城郊田野的时候，我可以给你领路，你可以同我的侍女一道，跟着我的骡车快步走，一直到我们快要进城的时候为止；那里有高高的城墙，两边有美好的港口，进口很窄，有弯船保卫着道路，每条船都有固定位置；在宏伟的波塞顿神祠附近有一座腓依基人的会场，是用深埋地下的巨石建筑的；许多人在那里修整黑色船上的器材、缆绳和帆桨；腓依基人不依赖弓箭；他们喜欢乘船渡过幽暗的海洋，专搞桅桨和长船；我想避免让别人说些难听的话，不愿有人讥笑我，因为众人中总有一些狂妄无礼的不大好的人；他们看见我们也许会说这样的话：‘那个跟着劳西嘉雅的漂亮魁伟的外地人是谁呀？她从哪里把他找来的？大概他要做她的丈夫了。大概她从什么船上带来一个远方游子，因为我们附近并没有其他种族，再不然就是由于她经常祷告的缘故，从天上降下了一位神人，要同她白头到老了。要是她自己找到一个外地的丈夫倒也不错，反正她是看不起腓依基人的，虽然许多贵族都向她求过婚。’他们会这样说来指责我的；实际上，如果别的女人这样做，在正式结婚之前就同男人来往，违背她父母的意旨，我也会不赞成她的行为。客人，我希望你立刻按我的话办事；那样你很快就可以从我父亲那里得到护送回家的机会。在路边你可以看到祭祀雅典娜的美好的白杨林；那里有一条溪水，四面是草地；我父亲的农场和茂盛的葡萄园就在那里，离开都城只有呼声所及的距离；你在那里坐下等待，让我们先进城到我父亲的宫殿去；等到你计算我们已经到了家，你再进入腓依基人的王城去打听我父亲，英雄的阿吉诺的宫殿在哪里；那房子很容易辨认，就连无知的小孩子也能指导你，因为一般腓依基人的房子都盖得同尊贵的阿吉诺的宫殿不一样。你一进了房子，就快快穿过殿堂，走到我母亲面前；她身靠着柱子，坐在灶旁，在火光照耀下纺着紫色的线，形象庄严，她的侍女坐在她后面。我父亲的王座也在那里，靠着柱子，他坐在那里喝酒，像永生天神一样。你要走过我父亲的座位，用双手抱着我母亲的膝去求她；你那样做，即使你家乡在很远的地方，你也会很快地回家，庆幸看到还乡的日子。只要你赢得她的好感，你就有看到亲人的希望，可以回到你的故乡和精筑的家宅。”

她说完，就用光亮的鞭子打了骡子一下，它们立刻离开河岸前奔，摆动蹄子，跑得很好，可是劳西嘉雅控制住骡子，用心使用鞭子，为了使得她的侍女和奥德修能够跟上。日落时，他们来到著名的雅典娜的灵薮；英雄奥德修在那里停下来，立刻向伟大宙斯的女儿祷告道：“请听我祷告，永不倦怠的女神，持盾的宙斯的女儿，请你答应我的请求；既然在过去日子里，当尊贵的摇撼大地之神迫害我的时候，你看我受到攻击，并没有帮助我，请你现在答应我，让我得到腓依基人的友谊和怜悯。”

他这样作了祷告，帕拉雅典娜就答应了他的请求，但是她没有在他面前显现，因为她怕她父亲的兄弟波塞顿；那位天神在英雄奥德修回到故乡之前，还是要大发脾气的。

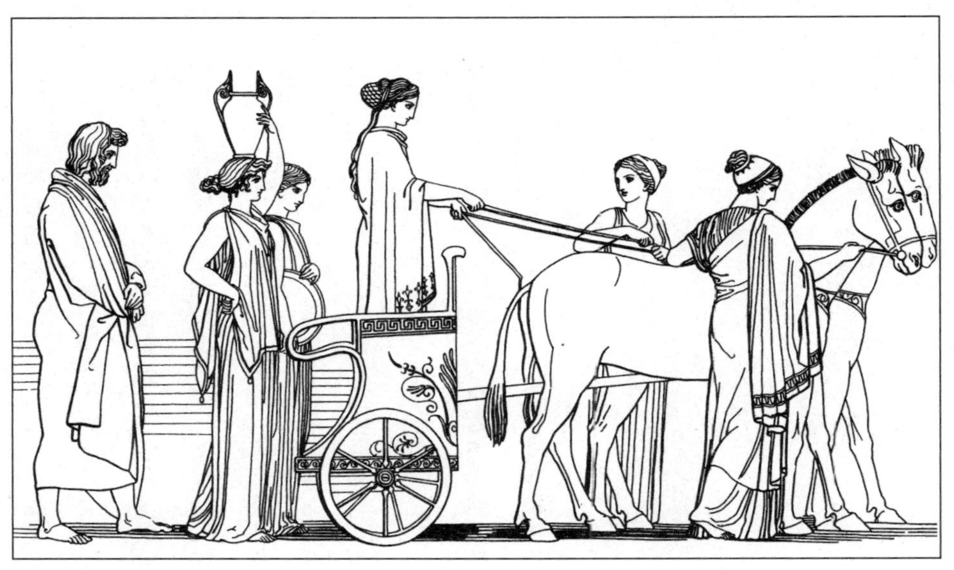

奥德修跟随劳西嘉雅的骡车

卷 七

历经苦难的英雄奥德修在那里这样作了祷告，这时那两匹健骡把那位姑娘带进了城。劳西嘉雅到了她父亲的华贵的富宅，在门口停住骡车，她的兄弟们，仪貌像永生天神一般，来到她身旁；他们从车上卸下骡子，把衣服拿进去，然后劳西嘉雅就到她自己的房间去了。她的女仆尤吕美杜刹，从阿培雷来的一个老太婆，给她生了火；这个女奴原来是长船从阿培雷载来的，众人挑选这个女奴送给阿吉诺，因为他是所有腓依基人的王；大家听从他的命令，敬重他像天神一样。素臂的劳西嘉雅就是这个女奴在宫里抚养长大的；她现在给劳西嘉雅生了火，在她房间里给她准备好晚饭。这时奥德修正起身要进城；雅典娜故意给奥德修洒下一层浓雾，为

潘奈洛佩

约翰·罗达姆·斯宾塞·斯坦霍普（John Roddam Spencer Stanhop）作

布面油画，1864 年

私人收藏

潘奈洛佩

但丁·加布里埃尔·罗塞蒂（Dante Gabriel Rossetti）作

粉笔画，1869 年

私人收藏

潘奈洛佩等待奥德修

赫瓦·库曼斯（Heva Coomans）作

布面油画，约 1900 年

私人收藏

潘奈洛佩与求婚人
约翰·威廉·沃特豪斯（John William Waterhouse）作
布面油画，1912 年
现藏于阿伯丁美术馆

潘奈洛佩与求婚人

平托瑞丘（Pinturicchio）作

壁画转画布，1508—1509 年

现藏于伦敦国家美术馆

帖雷马科与曼陀在宴会上

米切尔·安格·霍瓦塞（Michel Ange Houasse）作

布面油画，18 世纪

现藏于马德里普拉多博物馆

帖雷马科与曼陀

克里斯托巴尔·巴莱罗（Cristóbal Valero）作

布面油画，1754 年

现藏于马德里圣费尔南多皇家美术学院

赫连妮认出奥德修之子帖雷马科

让－雅克·拉格勒内（Jean-Jacques Lagrenée）作

木板油画，1795 年

现藏于圣彼得堡艾尔米塔什博物馆

奥德修在卡吕蒲索的岛上

迪特莱夫·布伦克（Ditlev Blunck）作

布面油画，1830 年

现藏于弗伦斯堡博物馆

卡吕蒲索之岛
赫伯特·詹姆斯·德雷伯（Herbert James Draper）作
布面油画，1897 年
现藏于曼彻斯特美术馆

Herbert Draper

卡吕蒲索

乔治・希区柯克（George Hitchcock）作

布面油画，1906 年

现藏于印第安纳波利斯艺术博物馆

金发女神卡吕蒲索

杨·斯蒂卡（Jan Styka）作

布面油画，20 世纪

私人收藏

卡吕蒲索

亨利・莱曼（Henri Lehmann）作

布面油画，1869 年

现藏于明尼阿波利斯艺术博物馆

女神卡吕蒲索援救奥德修

科内利乌斯·范坡伦堡（Cornelius van Poelenburgh）作

铜板油画，1630 年

现藏于斯德哥尔摩哈瓦立博物馆

奥德修与卡吕蒲索

阿诺德·勃克林（Arnold Böcklin）作

木板油画，1882 年

现藏于巴塞尔艺术博物馆

赫尔墨命令卡吕蒲索释放奥德修

杰拉德·德莱雷塞（Gerard de Lairesse）作

布面油画，约1670年

现藏于克利夫兰艺术博物馆

赫尔墨命令卡吕蒲索释放奥德修

杰拉德·德莱雷塞作

布面油画，1676—1682 年

现藏于阿姆斯特丹国立博物馆

劳西嘉雅
弗雷德里克·莱顿（Frederick Leighton）作
布面油画，1878 年
私人收藏

劳西嘉雅

卢西昂·西蒙（Lucien Simon）作

布面油画，1915 年

现藏于巴黎小皇宫博物馆

奥德修与劳西嘉雅

让·韦伯（Jean Veber）作

布面油画，1888 年

馆藏不详

奥德修与劳西嘉雅

彼得·拉斯特曼（Pieter Lastman）作

木板油画，1619 年

现藏于慕尼黑老绘画陈列馆

奥德修与劳西嘉雅
约阿希姆·冯桑德拉特（Joachim von Sandrart）作
布面油画，约 1630 年
现藏于阿姆斯特丹国立博物馆

奥德修与劳西嘉雅

米切莱·德苏布雷奥（Michele Desubleo）作

布面油画，1654 年

现藏于那不勒斯卡波迪蒙特国家博物馆

了使勇敢的腓依基人不会碰见他，盘问他或说些无礼的话。当奥德修正走进这座美好的都城，明眸女神雅典娜就迎着他走来，装作一个年轻的姑娘，拿着水罐，来到他面前。英雄奥德修问她道："孩子，你能不能把我带到一个叫作阿吉诺的人的住处？他是这里的国王。我是一个外乡人，从很远的地方经历很多苦难才到达这里，我也不认识任何据有这个城市和土地的人。"

明眸女神雅典娜对他说道："外地来的老爹，我可以给你指出你所问的房子，因为我的高贵的父亲就住在附近。我给你带路，可是你要保持沉默，不要看任何人，也不要问他们，因为本地人不能容忍外乡人，不欢迎远方来客；这里的人依赖着快船在大海上航行，他们的船像长了翅膀或像思想那样迅速；那是摇撼大地之神赐给他们的技巧。"

帕拉雅典娜说着就立刻带路，奥德修跟着女神走进城。航海著名的腓依基人并没有看见他进城，没有看见他从他们中间走过，因为有神奇力量的华鬘女神雅典娜不让他们看见奥德修；她故意在他四围洒下了神雾。奥德修看到那港口和那些长船感到惊奇；他又看到王侯们集会的会场和竖着木栅的高大城墙，景象宏伟；最后他们来到国王的华美宫殿前面，明眸女神雅典娜对他说道:“老爹，这就是你要我指引的地方，你可以看见那些王侯们，天神的后代，正在那里进餐。你不要怕，只管走进去好了；一个外地人只要胆子大就可以把事情办好的。你到了王宫里，要先去见王后，她的名字叫作阿瑞提；她同阿吉诺王属于同一个家族。从前摇撼大地之神波塞顿同一个最美的妇人培里波雅生了劳西陀；培里波雅是英雄尤吕弥东的最小女儿；尤吕弥东是狂妄的巨灵族的国王；他毁灭了他的狂妄种族，也毁灭了自己；培里波雅同波塞顿交配，生了一个儿子，就是统治腓依基人的英雄劳西陀。劳西陀生了两个儿子瑞占诺和阿吉诺;瑞占诺结婚不久，还没有儿子，就被银弓之神阿波龙在家里杀死，留下一个女儿阿瑞提；阿吉诺娶了阿瑞提，对她十分尊敬，超过世上任何服侍丈夫、管理家务的妇人；在过去和现在阿瑞提都得到阿吉诺和孩子们的尊重，人民也拿她当作天神一般看待；当她进城的时候，大家都向她请安问好，因为她有很多智慧；她为人聪明善良，常常能排解夫妻纠纷。如果她对你有好感，你就有希望再见到亲人，回到你的故乡和高大的家宅。”

明眸女神雅典娜这样说了，就离开可爱的斯赫里，到了无边大海上，又经过马拉松和广衢的雅典城，进入精筑的埃瑞赫调神庙。奥德修向阿吉诺的华丽宫邸走去，到达青铜门阈，站在外面，惊叹不已，因为英雄阿吉诺的高大宫殿闪耀着光芒，有如太阳或月亮一样。从门口到宫内有好多重铜墙，上面盖着碧琉璃瓦，黄金的大门紧护着精筑的宫室，在青铜门阈两旁立着银铸的门柱，上面的门楣也是银镶的，门环由黄金制成，两旁还有金银浇铸的狗；那是赫费斯特的巧艺所做，用来看守高贵的阿吉诺的宫殿；这两只狗千古常存，长生不老。在殿内两边靠墙是一排座椅，上面铺着女工精织的轻软毡子，从门口直到堂奥。腓依基的王侯们就坐在那里吃饭喝酒；他们都有无穷尽的财产。那里还有黄金铸成的幼童，站在精雕的台基上，手里举着熊熊火炬，为宫中饮宴的人照明黑夜。宫里还有五十个女奴，有些在石碾旁边操作，磨着黄色的粟子，有些坐着纺纱搓线，就像高高白杨树的叶子萧萧不停，柔滑的橄榄油从精细的布匹上滴下。腓依基的男人在海上驾驶快船的技艺超过任何人，他们的妇女也同样善于纺织，因为雅典娜赐给她们超人的智慧和手艺。在外面，离宫门不远，有一个大果园，有四顷地大小，两边都有围墙；那里生长着茂盛的高树，有梨和石榴，还有鲜艳的苹果，蜜甜的无花果和茂盛的橄榄；那里的水果四季常有，冬夏从不缺乏或腐坏；永远有西风吹着果树，让这一些果树成长，那一些果树熟透；一簇簇的梨和苹果，一串串的葡萄和无花果都在成熟。那边还有一个茂盛的葡萄园；在一处温暖的平地上，人们晒着葡萄；在另一处人们在收集葡萄；另一些人在踩着葡萄；前面还有未熟的葡萄正在落花，另一些葡萄正在变紫。在最后一排葡萄藤旁边有整齐的花坛，上面百花盛开，一年到头都开着花；那边还有两条清泉，一条泉水灌溉整个花园，另一条泉水从园门口流向高大的宫殿这边；市民可以从那里汲水；阿吉诺的王宫的这一切辉煌景物都是天神所赐。

饱经忧患的英雄奥德修站在这里欣赏了一切景物之后，立刻跨过门阈，走进王宫；他发现那些腓依基的王侯和谋士们正举杯给善射的斩魔神奠酒；那是在准备休息的时候最后祭奠的一位天神。饱经忧患的英雄奥德修从堂上穿过，雅典娜在他四周洒下浓雾，一直到他来到阿瑞提和阿吉诺王面前。奥德修用手抱着阿瑞提的双膝；这时神雾就在他四周消散了。殿上的人突然看见他，都很惊讶，大家静寂无声。奥德修就祈求道：“天神一般的瑞占诺的女儿阿瑞提，我经历许多苦难，现在来向你和你丈夫求援，也向在座的各位求援。望天神在你们生时降福，望每人都能把家里的产业和人民所给的荣誉留给自己子孙；请你们送我早日回乡；我离开亲人受苦受难已经很久了。”

他说完话，就在灶旁灰烬上坐下；众人都保持沉默；最后，年老的英雄埃赫留在众人中发言；他是腓依基人当中年纪最大的，知道怎样说话，也知道许多古老的知识；他怀着善良愿望向国王说道：“阿吉诺，我们大家都等着，希望你讲话呢；让这位客人坐在地上灶灰当中是不好看不礼貌的。现在你请客人起来，坐在银镶的座椅上吧；再叫仆人们准备酒，我们好向霹雳之神宙斯祭奠；他是经常保护虔诚的求援者的；还要叫女仆从仓房里拿出酒饭来招待客人。”

国王阿吉诺听见这话，就用手把足智多谋的奥德修扶起，把他从灶旁拉起来，请他坐在华丽的座椅上；他首先叫他的勇敢儿子劳达马站起来；劳达马是他最宠爱的儿子，原来是坐在他身旁的。侍女拿来美丽的金壶盛着洗手的水，倒到银盆里请他洗手，在他面前摆好光滑的餐儿；庄重的女仆拿出麦饼摆在他面前，又摆好许多菜肴，殷勤招待他。饱经忧患的英雄奥德修开始吃饭喝酒。这时阿吉诺王就向使者说道：“庞托诺，把酒掺好，给堂上所有的人都斟上酒；我们要向霹雳之神宙斯祭奠，因为他是一贯关怀虔诚的求援者的。”

他这样说，庞托诺就把蜜甜的酒掺好，斟给大家；先在杯里倒了几滴酒，请大家祭奠；奠酒之后，大家就尽兴喝酒。这时阿吉诺向众人说道：“腓依基的王侯们、谋士们，请听我说，让我说出我心里要说的话。你们吃完了，可以回家去休息；明天早晨我们要召集更多年长的人开会，还要在宫中招待客人，向神献上丰盛牺牲，然后考虑怎样送走客人，使他在我们护送下不再受到苦难，欢欢喜喜地很快地回到故乡，不管他的家乡怎样辽远。虽然当他母亲生育他的时候，命运和司命女神就给他织出了将来的遭遇，他必须忍受这种命运，但是现在，在他登上大陆之前，我们决不能让他遇到任何灾祸困难。当然也许天神们另有意图，也许这是一位天上降下的神人；过去我们供献丰盛的牺牲的时候，也有过天神在我们面前显现，而且他们曾坐在我们这里，同我们一起进餐；如果一个人在路上碰到他们，他们也不会隐避，因为我们同天神们很接近，就像同独目巨人和野蛮的巨灵族一样。”

足智多谋的奥德修对他说道：“阿吉诺，请你不要那样想；我在身材和容貌方面都不能同主掌广天的神们相比，我

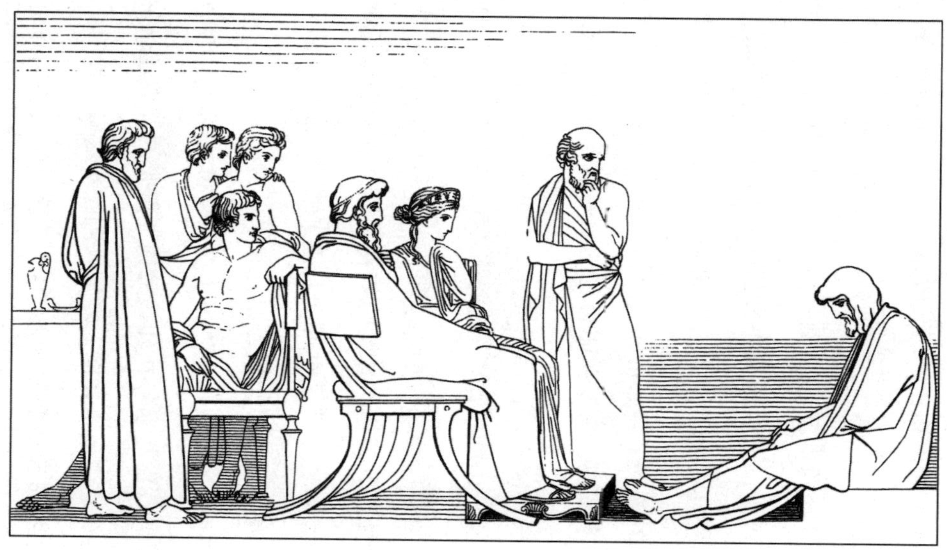

奥德修在灶边，出现在阿吉诺王和阿瑞提面前

只是一个凡人。可是在经历苦难方面，我可以同你们所知的受过最大痛苦的人相比，而且我还可以说出更多苦难，那是天意叫我忍受的。虽然我很悲痛，现在还是让我吃饭吧，因为没有比恼人的饥肠更可恶的东西，即使一个人心里充满忧愁，非常悲痛，也不能不考虑它的需要；就像我目前心里充满忧愁，它还是命令我吃喝，要我吃个饱，忘记所有的痛苦。请你们明天早晨尽快准备，把我这个遭受许多苦难的不幸人送回家乡吧；只要我能再看见我的高大宫邸和奴隶、产业，我死也甘心。”

他这样说；大家都赞许他的话；都说应该把客人送回家，因为他讲话很得体。大家奠了酒，又尽兴地喝了酒，然后就各自回家休息，留下英雄奥德修在宫里，身旁坐着天神一般的阿吉诺和阿瑞提。这时侍女们撤去菜肴；素臂的阿瑞提开始讲话；她认出奥德修穿的漂亮衣服、衬衣和外套，都是她和女奴们手制的；她对奥德修认真地说道：“客人，我要先问你一个问题：你是谁？从什么种族那里来的？谁送给你这些衣服？你不是说你是在海上漂流来到这里的吗？”

足智多谋的奥德修回答道：“王后，要从头至尾详细叙述我的苦难是不容易的，因为天神给了我许多灾祸，可是我可以回答你的问题。远在大海中心，有一个名叫奥鸠吉的岛，在那里住着阿特拉的女儿，可怖的女神，有魔术的华鬘的卡吕蒲索；她同任何天神和凡人都素不来往，可是命运偏偏把我带到她的家里。宙斯用灿烂的霹雳把我的快船打碎在葡萄紫的大海上，我的全部勇敢伙伴都丧命了，只有我抱住了长船的龙首，漂流了九天；在第十天的夜里，天神把我带到奥鸠吉岛，可怖的女神，华鬘的卡吕蒲索就住在那里；她很好地招待我，给我饮食，把我收留下来，并且答应让我长生不老；但是她不能使我改变心意。我在那里一共住了七年，经常用眼泪沾湿了卡吕蒲索给我的华美衣裳；岁月流转，到了第八年，她忽然叫我回家；不知道这是由于宙斯的旨意，还是她自己变了主张。她用一艘坚固的木筏把我送走，还给了我许多东西，包括粮食、甜酒和华美的衣服，又送了一阵温和的顺风；我在海上漂游了十七天；在第十八天就看到了你们国家的群山的阴影，我心里高兴，可是我的命运太坏，还要受许多苦，那是摇撼大地之神波塞顿给我带来的；波塞顿唤起了群风，不让我前进，把大海搅得一塌糊涂，弄得我唉声叹气；风浪终于不让我留在船上，把木筏打碎，我游着水，越过大海深渊，最后被风浪带到岸边；我看到要是企图登陆，狂暴的波涛就要把我冲向峻嶒岩石和荒礁；因此我又游回去，直等到我游到一条河口；我认为那里是最好的登陆地点；那里没有岩石，而且有避风的荫障；我喘着气倒在那里，那时神异的黑夜就降临了；我离开天降的河水，爬到丛莽里去睡觉，在身上堆起树叶，天神洒下了无边的睡梦。我心情沉重，这一夜就睡在树叶里，一直睡过第二天早晨和中午，到了太阳开始下降时，酣梦才放松了我；我看到你女儿的侍女们在岸边嬉戏；你女儿也在她们中间，容貌同天神一样；我向她求援；虽然年轻人往往没有脑筋，很少是有智慧的，她却并不缺少智慧；她给我足够的粮食和灿烂酒浆，叫我在河里洗了澡，又给了我这些衣服；我虽然很难受，但是我告诉你的都是实话。”

阿吉诺回答道：“客人，我的女儿这件事做得不够好，虽然你首先向她请求，她同侍女们却没有把你带回家来。”

足智多谋的奥德修对他说道：“关于这件事，请不要责备你的好女儿，因为她本来是叫我跟着她的侍女走的，不过我不愿意，因为我怕失礼，怕你看见我会不高兴；我们世上的人是容易发脾气的。”

阿吉诺回答道：“客人，我不会那么轻易发脾气的，一个人做事总要保持恰当分寸才好。天父、雅典娜还有阿波龙在上，我真希望有一个像你这样同我意气相投的人，娶我女儿，留在这儿做我的女婿；要是能够那样，只要你愿意留下，我一定分给你我的家宅产业；可是既然你不愿意，我们腓依基人也决不会勉强你；天父不会同意那样做法的。你放心好了；现在我决定，你明天就启程回家；你可以躺在船上安心睡觉，让他们摇桨把你送过平静的海面，一直送你到达家乡和任何你想去的地方，即使那个地方比尤波亚还远；我们的人曾经送黄发的罗达曼杜到加亚的儿子提屠那里；据他们说，尤波亚是最远的地区；可是他们毫不费事地就到达那里，完成任务，在当天就回来了。你自己可以看到我们的船是非常好的，我们的年轻人在海上摇桨也非常在行。”

阿吉诺这样说；历经苦难的英雄奥德修很高兴，就向天祷告道：“天父，但愿阿吉诺所说的话都能够实现，但愿我能回到故乡，希望阿吉诺的声名在生长五谷的土地上永远不灭。”

他们这样交谈着，这时素臂的阿瑞提吩咐侍女在前殿摆好床，铺上美丽的紫色褥子，铺上床单和盖在上面的羊毛被；侍女们拿着火炬从堂上走出；她们把坚实的床铺好之后，就到奥德修身边，向他说道：“客人，请起来吧，你的床铺已经准备好了。”

她们这样说；那历经苦难的英雄也很想睡觉了；他就去到有回声的前殿，在绳结的床铺上躺下休息；阿吉诺也到他高大宫殿里面去睡觉；给他铺床的王后睡在他身边。

卷　八

当那初生的有红指甲的曙光刚刚呈现的时候，有天赋威权的阿吉诺王从床上起身，同时那天神的后代，攻城夺寨的英雄奥德修也起来了。阿吉诺王带领大家去到船港附近的腓依基人会场；他们到了会场，按次序在光滑的石座上坐下；这时帕拉雅典娜变作智慧的阿吉诺的使者，走遍全城，策划英雄奥德修还乡的事；她碰到一个人就对他说："腓依基的王侯谋士们，到会场见识一下那个外乡人去吧；他是在海上漂流之后，才到达智慧的阿吉诺家里的；他的形象同天神一样呢。"

她这样说来，引起大家的好奇心，会场座位很快就被聚集的人占满了；大家看到足智多谋的拉埃提之子都很惊奇，因为雅典娜在奥德修头部和肩上洒下神异的灵光，使他的外表显得更加高大健壮；这是为了让一切腓依基人对他有良好的印象，对他更加友好尊敬；并且当腓依基人考验他的时候，她还要让他得到很多优胜成绩。

大家集合之后，阿吉诺就对众人说道："腓依基的王侯谋士们，请听我说出我心里要说的话。这个流荡到我家来的外乡人，我不知道他是谁，也不知道他是从日出处还是从日落处来的。他请求我们保护他，要我们送他上路；我们应当像过去一样很快就送客人上路；到我家来的客人从来没有一个是得不到帮助而闷闷不乐地长留在这里的。我们要拖一只黑色船到闪耀的海水里，作一次航行，要在所有人中间挑选五十二个年轻人，都要是经过考验的最好的桨手；你们把船桨在座位上绑好，就立刻登岸到我家来准备宴会；我一定好好招待大家。以上是我命令年轻人要做的事。至于执节杖的王侯们，你们现在就可以到我的美好宫殿里去，我们好在殿上招待客人；谁也不要拒绝。你们还要把那位神妙的乐师谛摩多科叫来，因为天神使他的歌唱技艺超过旁人；他可以随意歌唱，使得人心情愉快。"

他说完话，就在前面带路；那些执节杖的王侯们跟着他走；另有使者去找那位神妙的歌手；那五十二个精选的年轻人就按照他的指示，去到荒凉的海岸边；他们来到岸边停船的地方，把一只黑色船拖到深水里，在船上竖起桅帆，把桨套在皮带上，在船上张起白帆，把一切安排妥当，把船停在深港里，然后去到智慧的阿吉诺的巨大宫殿。前殿走廊和房间都挤满人，来人很多，有老有少；阿吉诺给他们宰了十二头羊，八只白牙的猪和两头肥牛；他们剥掉了牛羊的皮，烤好了肉，办好美味的宴席。这时使者也来了，带来了忠诚的乐师，那是缪刹女神最宠爱的人；女神给了他不幸，也给了他幸福；她剥夺了他的视觉，但给了他甜蜜的歌喉；使者庞托诺在宴会的众人当中给乐师放了一把银镶的座椅，靠着大柱，又把清音的琴挂在上面一个木橛上，并且告诉他怎样可以拿到；在乐师面前还放下菜盒和华丽的餐几，又放下一杯酒；他想喝的时候就可以喝。众人就伸手去取面前的丰盛菜肴；他们吃饱喝足之后，缪刹女神就引动乐师，让他歌唱英雄们的光荣事迹；他们的声名直达广天；让他歌唱奥德修同培留之子阿戏留争吵的故事，他们怎样在天神的盛宴上用激烈的言语辩论；当时大王阿加曼农看见阿凯人中两位最勇敢的英雄展开争论，就暗暗高兴；因为当他跨过蒲陀神庙的石门阈去问卦的时候，腓伯阿波龙曾告诉他将来的发展；从那时起，灾祸依照伟大宙斯的意旨就转到特罗人和达脑人方面。

那位著名的乐师就歌唱了这些故事；但是奥德修用他健壮的手提起他的紫袍，遮住他的脸，掩盖起他美好的容颜；因为他怕腓依基人看到他眼中流泪。每当那位神妙的乐师停止歌唱的时候，他就擦干眼泪，把袍子从头上拿开，举起双柄酒杯向天神献祭；可是当腓依基王侯们喜欢听乐师的歌曲，请他再唱，乐师又重新开始的时候，奥德修就又藏起头来哭泣。旁人并没有看到他流泪，只有阿吉诺一个人注意到这件事，听到他低声叹息，因为他坐在奥德修身旁。他就立刻对擅长用桨的腓依基人说道："腓依基的王侯谋士们，请听我的话；我们已经充分享受了这次宴会和陪伴盛宴的诗歌；现在我们到外面去进行各种竞赛吧；等到客人回到家里的时候，他可以告诉亲友们，我们在拳斗、角力、跳高、赛跑等方面都是出类拔萃的。"

他说完就在前面带路，他们跟着他前去。使者把清音的琴挂在木橛上，用手拉着谛摩多科，把他带到殿外，同其他腓依基王侯们一路前往，去欣赏竞技。他们来到竞技场；在

奥德修听到谛摩多科的歌而哭泣

他们之后又来了上千个人。许多年轻贵族都参加了；其中有阿克洛留、欧鸠亚洛、埃拉特留、劳调、普若穆留、埃戏亚洛、埃瑞特缪、庞调、普鲁留、杜翁、阿那卑西留，帖克通的后代波吕留之子安菲亚洛，还有劳波洛之子尤吕亚洛，猛勇像嗜杀的战神一样，除了高贵的劳达马，他的容貌和体格胜过一切腓依基人，阿吉诺王的三个儿子也参加竞技；他们是劳达马、哈利奥和天神一般的克吕通留。他们首先赛跑；大家一开始就全力飞奔，在场上扬起尘土；高贵的克吕通留是众人中跑得最快的一个；就像一队健骡驰过耕地，他就这样领先到达人群集合的地点，远远把别人丢在后面。他们又进行了紧张的角力；这次尤吕亚洛胜过了其他年轻贵族。跳高的优胜者是安菲亚洛。埃拉特留在投石比赛中远远超过旁人。拳斗的优胜者是阿吉诺的高贵儿子劳达马。大家欣赏了这些竞赛之后，阿吉诺之子劳达马就在众人中说道："朋友们，现在让我们问问这位客人，他学过或擅长什么技艺；从他的腿、股、手臂和结实的颈背筋骨看来，他的体格很不坏呢；他并不缺乏青春朝气，只是他经过很多苦难折磨；航海是最能消耗人的精力的，即使是一个很强壮的人。"

尤吕亚洛回答道："劳达马，你说得不错；你现在就向他挑战，说明你的意思吧。”

阿吉诺的高贵儿子听见这话，就走过去，在众人中向奥德修说道：“老爹，如果你学过哪种技艺，你也来参加竞技吧。我看你是懂得技艺的；对世人来说，手脚上的功夫是最大的荣誉。你来试试吧；不必有什么顾虑；不会耽误你上路的；现在船已经下了水，伙伴们也都准备好了。”

足智多谋的奥德修回答道：“劳达马，你为什么要捉弄我，向我挑战呢？我心里愁闷，无心参加比赛，因为我过去受过很多苦难折磨；我虽身在竞技场上，心却渴望着动身，一直在恳求着你们的国王和全体臣民。”

尤吕亚洛当面讥讽他，说道：“客人，虽然擅长技艺的人很多，我看你不像是那种人；你倒像一个乘着多桨的船往来海上的船主，船上满载客商，心里只想运货，只关心你的货物和获得利润；你看来不是一个有技艺的人。”

足智多谋的奥德修怒视着他说道：“客人，你这话好无道理；你像是一个瞎了眼的人。真的，上天赐给人不同体格，不同思想和语言；有的人容貌较差，但是上天使他的言语优美动听，使他彬彬有礼，口齿流利，超过一般人；当他从城里走过的时候，大家都像对待天神那样尊敬他；也有人容貌像永生的天神一样，但是言语却不大文雅，就像你这样；你的容貌很出众，上天不能使你更美，可就是缺乏脑筋，说话没有分寸，让人生气。我对体育比赛并不是丝毫不懂，像你所说的那样；只要我信得过我的青春和两臂力气，我敢说我还是相当出色的。现在我受过不少苦难，经历了战争、灾祸和汹涌波涛的折磨；悲伤痛苦把我搞垮了；但是虽然如此，我还要来同你们比比；因为你的话刺伤了我的心，你的话使我动火。”

他说完话，就穿着长袍跳起来，拿起一个又大又厚的石饼，比腓依基人比赛所用的重得多，他用健壮的手抡起石饼，扔出去；石饼发出营营响声；那些善用长桨，以航船著名的腓依基人看见石饼从头上飞过，都匍匐地上；石饼离开手轻轻飞去，越过一切指标。这时雅典娜变作凡人模样，标出了石饼降落地点，然后对奥德修说道：“客人，就是瞎了眼的人也可以用手摸索辨认出这个指标，它同别人的毫不相混，远远在前面。”

她这样说；久经忧患的英雄奥德修很高兴，庆幸在竞技中看到一个真朋友；他心情愉快地对众人说道：“年轻人，你们现在去赶上这个指标吧；我想我还能扔一个同样远的，或者比这个更远；谁要想来竞赛，就来试试吧；你们让我动了肝火；你们无论要比赛拳术还是角力、赛跑，我都不怕；除了劳达马以外，你们哪一位来都可以；我是他的客人；我不能同招待我的主人争执；谁要在异乡同招待他的主人竞争，那就是个糊涂人，缺乏常识；他那样做只能失掉一切。任何别人我都不拒绝，也不轻视；我愿意会会他，同他较量较量。在世人竞技的一切项目，我都不差；我最擅长使用磨光的弓；对敌作战时，即使有许多同伴在一起射击，我总是第一个发箭射中敌人；当我们阿凯人在特罗用弓箭作战时，只有菲洛谛提用弓的本领比我强；可是我敢说，比起旁人来，只要是当代的生在大地上吃着谷物的凡人，我都要好得多，当然我不能同过去的英雄相比；我不如赫拉克雷，也不如欧哈里的尤吕陀；他们射箭的技术可以同天神比赛；伟大的尤吕陀就由于这个原因没有在家里活到老年，很早死掉；他向阿波龙挑战，要同他比赛弓箭；阿波龙就发怒将他杀死了。我投掷长矛也比旁人射箭还要远；只是在赛跑方面，我想腓依基人会胜过我的；因为我久经风涛折磨，在船上又经常缺乏粮食，所以我的腿脚都软了。”

他这样说；大家都默不作声，只有阿吉诺回答他说道：

“客人，你在我们中间讲话是讲得不坏的；当那个人在竞技中向你挑战并且讥讽你的时候，你自然也要显示一下你的本领；他要是知道讲话怎样有分寸，本来是不应该轻视你的本领的。现在请听我说；当你回到家里，同你的妻子欢宴的时候，我希望你也想起我们的特长；希望你也告诉别位英雄们，从我们祖先的时代开始，宙斯一直赐给我们的某些成就。我们在拳斗和角力方面并不出色，可是我们赛跑很快；我们最擅长航海；我们也一向喜爱酒宴、竖琴和舞蹈，以及各种衣饰，温暖的浴池和床铺。现在让最擅长舞蹈的腓依基人来表演一下；客人回家时可以告诉他的亲友，我们在航海、赛跑、舞蹈和歌唱方面怎样出色；再去一个人把我们家里的清音竖琴给谛摩多科拿来。”

天神一般的阿吉诺这样说；使者起身从王宫里拿来空心的竖琴；在众人中选出了九个司仪，来好好安排各种节目；他们准备好舞蹈的场子，仔细划出表演地区；使者回来，给谛摩多科拿来了清音的竖琴；谛摩多科走到舞场中心，四围站着擅长舞蹈的年轻人；他们用脚踏击那美好的舞场，奥德修看着他们闪烁的步子，感到惊奇。

这时乐师弹起琴来，开始唱美妙的歌曲，唱的是阿瑞和华冠女神阿芙洛狄谛恋爱的故事；他们怎样偷偷地在赫费斯特家里幽会；阿瑞送给阿芙洛狄谛许多礼物，玷污了大神赫费斯特的卧床。太阳神看到他们幽会，立刻传出消息；赫费斯特听到这件痛心的事，他就到他的锻冶场去，研究怎样让他们倒霉；他安排好巨大的砧，为了要把那对情人绑住，就铸造了一个扭不断也解不开的锁链；他心怀怨恨，做好罗网，然后去到他的卧房；他的床就在那里；在床柱四周他布下罗网；很多链子从房顶垂下，像蜘蛛网一样细；罗网做得那样巧妙，不但人看不见，就连幸福的天神也发现不出来。他在床的四围布下罗网之后，就假装到莱姆诺去；在所有的地方，他最喜爱那里的精筑的城堡。金缰之神阿瑞并没有放过这个机会；他看到著名巧匠赫费斯特出去了，就到他家里去，希望同华冠的鸠赛瑞女神幽会。这时阿芙洛狄谛才从她的父亲，威严的闶阆之子宙斯那里回来，坐下不久；阿瑞走进来，抓住她的手，对她说道："亲爱的，我们现在上床睡觉欢乐一番吧，因为赫费斯特不在家；我想他是到莱姆诺岛上说野蛮语言的辛提人那里去了。"

他这样说；她也很愿意同他睡觉；他们就上床去睡；这时巧匠赫费斯特所做的锁链就从四面把他们绑紧；他们不能

移动身体，更不能够起来；他们发现自己无法逃脱。那位著名的跛足神没有到莱姆诺岛就转回来，到了他们身边，因为太阳神给他作暗探并且传送了消息。赫费斯特心情沉重回到家里，站在门口，怒气冲天；他就大声咆哮着，向全体天神喊道："天父宙斯和其他永生的幸福天神们，你们来看这件可笑又不可忍受的事吧；看呀，宙斯的女儿阿芙洛狄谛一贯轻视我，因为我跛足；她爱上嗜杀的阿瑞，因为他漂亮健壮，我却生来残废；可是这件事不怪旁人，只怪我的父母；他们要是没有生了我就好了。你们来看他们两个在我的床上欢乐睡觉；我看见这件事非常难受；我看他们虽然相亲相爱，也不会愿意这样长久睡下去的；他们很快就要不想再睡了，可是我的锁链和罗网要继续绑住他们，一直到她父亲把全部聘礼偿还给我为止；我为了他这个不要脸的女儿送过那么多的聘礼；她是很漂亮，可是太不安分守己了。"

他这样说；天神们都聚集在铜阈的宫里；摇撼大地之神波塞顿，助力之神赫尔墨，尊贵的远射之神阿波龙都来了；女神们不好意思，都留在家里；给人降福的男神却都来到门口；当幸福的天神们看到巧匠赫费斯特的手艺，他们都笑个不停；有的天神就对着旁边的神这样说道："坏事总没有好结果，迟钝的也能赶上快腿的；你看阿瑞在主管奥仑波山的众神当中要算是最快的了，他到底还是被迟钝的赫费斯特捉住；赫费斯特虽然跛足，却能用计捉住他；阿瑞现在要付出罚金了。”

他们就这样议论着；尊贵的宙斯之子阿波龙对赫尔墨说道：“赫尔墨，宙斯的儿子，引路和赐福之神，你愿意不愿意被坚固的锁链绑着，同金光灿烂的阿芙洛狄谛同床睡觉？”

那引路和斩魔之神回答道：“尊贵的远射神阿波龙，我当然愿意呀；哪怕有三重弄不断的锁链把我绑住，哪怕有你们全体男神和女神都看着我，我也愿意同金光灿烂的阿芙洛狄谛同床睡觉哩。”

他这样说，在永生天神当中又引起一阵笑声。可是波塞顿没有笑；他不断请求著名巧匠赫费斯特把阿瑞放走；他对赫费斯特恳切地说道：“放走他吧；我可以替他担保，按照你的吩咐，在永生天神们面前赔给你应付的全部罚金的。”

著名的跛足神对他说道：“摇撼大地之神波塞顿，请你不要命令我这样做；给不值得同情的人作担保很不值得；要是阿瑞逃脱捆绑和债务跑掉了，我怎么能在永生天神面前把你绑起来？”

摇撼大地之神波塞顿对他说道：“赫费斯特，就是阿瑞逃避债务跑掉，我自己也一定赔给你这笔钱。”

著名的跛足神回答道：“既然如此，我当然不能拒绝；再拒绝就是不讲理了。”

有威力的赫费斯特说着，就打开锁链；一对情人逃脱那坚固的锁链之后，立刻飞走；阿瑞跑到塞拉吉去了；欢乐的女神阿芙洛狄谛去到塞浦路斯的帕佛，那是她的领土；她的芬芳的神坛就在那里；女神们给她沐浴，涂上永生天神们整容的神膏，穿上美丽的衣饰，使她光彩动人。

那位著名乐师就歌唱了这段故事；奥德修很欣赏它，那些善用长桨的、以航海著名的腓依基人也是这样。这时阿吉诺又命令哈利奥和劳达马单独表演舞蹈，因为他们的舞蹈是没有人比得上的；他们拿起聪明的波吕伯所制的美丽的紫色球；一个仰身把球扔向淡淡的云空，另一个跳起来，不等脚落地就轻易地接过球。他们表演了扔球之后，就在肥沃的土地上舞蹈，把球传来传去，其他年轻人就站在场子上打着拍子，弄得很热闹。

这时英雄奥德修对阿吉诺说道：“最尊贵的阿吉诺王，

你曾说过，你们这里的人最擅长舞蹈，现在这件事已经得到证明，我看见他们的舞蹈非常钦佩。”

他这样说，阿吉诺王心里高兴，就对擅长用桨的腓依基人说道：“听我说，腓依基的王侯和谋士们，我看这个外乡人是很聪明的；我们现在要送给他一件合适的礼物；我们这里掌权的尊贵王侯有十二位，加上我是十三个；我们每人都要拿来一件新洗的衬衣和外套，还有一镒贵重的黄金；我们要很快把这些东西放在一起，客人可以拿着礼物，高高兴兴地去进餐，尤吕亚洛也要向他道歉并且送给他一些礼品，因为他方才说话不大客气。”

他说完，大家都赞成他的意见，同意这样的做法；大家就派使者去拿礼物；这时尤吕亚洛也回答道：“最尊贵的阿吉诺王，我一定按照你的命令向客人道歉；我还要送给他这把青铜剑；刀把是白银的，刀鞘是用新象牙装饰的；这将对他有用处。”

他说着，就把银镶的剑交给奥德修，并且对他诚恳地说道：“客人伯伯，我向你祝好；如果我说过什么鲁莽的话，让风把它吹走吧，希望上天让你回到故乡，重见你的妻子；你已经远离亲人，受苦很久了。”

足智多谋的奥德修对他说道："朋友，我也向你祝好，愿上天赐福给你；希望你将来不会惋惜你道歉时送给我的这把剑。"

他说完，就把这把银镶的剑挂在肩上；这时太阳落下；那些贵重的礼品也都拿来了；庄重的使者把这些礼物拿到阿吉诺的王宫里；阿吉诺王的儿子们把这些华美的礼物接过来，放在他们尊贵的母亲面前；阿吉诺王领着大家走进宫殿，在高高座椅上坐好；这时阿吉诺王对阿瑞提说道："夫人，请你拿一个最好、最漂亮的箱子来，里面放进一件新洗的外套和衬衣，再在火上热一锅水，请客人洗个澡，再来看他的礼品；这些礼品都是高贵的腓依基人赠送的；把礼品都安排好，然后请客人享受盛宴，并且欣赏乐师的歌曲；我还要把我这个美好的黄金酒杯送给他；以后当他在堂上向宙斯和其他天神献祭的时候，他就会记得我的。"

他说完话；阿瑞提吩咐女奴立刻在火上放上大铜鼎；她们就把烧水的铜鼎放在灶上，倒了水，拿来烧火的木柴，火在鼎底燃烧，烧热了水；这时阿瑞提从里面拿来送给客人的漂亮箱子，里面放进腓依基人赠送的美好礼物、衣服和黄金；她自己又放进一件外套和华丽的衬衫；然后她对奥德修郑重地说道："现在请你检查一下，快快把箱子绑好，免得当你乘黑色船航行，偶尔睡着了做着好梦的时候，半路上被人偷了你的东西。"

久经考验的英雄奥德修听见这话，就立刻关好箱盏，把它绑上，打了一个巧妙的绳结，那是从前女神刻尔吉教给他的。这时女仆来叫他到浴池去洗澡；他看到热水很高兴，因为自从他离开华鬘的卡吕蒲索的家，他就没有受到过这样的待遇，虽然以前他是得到天神一般的亨受的。女奴们给他洗了澡，又涂了油，给他穿上衬衣和美好的外套；他离开浴池，参加那些饮酒的人的行列；这时天赋美貌的劳西嘉雅正站在坚实的房檐下的门柱旁边；她看到奥德修感到惊奇，就郑重地对他说道："客人，我向你祝好；希望你回到故乡之后还记得我，因为我对你有救命之恩。"

足智多谋的奥德修回答道："阿吉诺王的女儿劳西嘉雅，我希望执掌霹雳的宙斯，希累的配偶，让我能够重见还乡的日子，回到家里；如果是那样，我将终生像对天神一样供奉你，因为你，姑娘，救了我的性命。"

他说了，就在阿吉诺身旁的座位上坐下；这时大家正忙着掺酒分肉；使者领来他们敬爱的乐师谛摩多科，让他靠着大柱子，坐在宴会的人当中；奥德修切了一块白牙的猪的里脊，猪身上还留着一大半里脊肉，两边有很多肥油，就对使者说道："使者，现在把这块肉送给谛摩多科吃；我虽然心情沉重，但我愿向他致意；在世间凡人当中，乐师是受到尊荣礼敬的，因为诗歌女神宠爱他们，教给他们歌唱的艺术。"

他说了；使者拿起肉，交给谛摩多科；谛摩多科接过肉，心里高兴；众人就动手吃面前的盛宴；大家吃饱喝足之后，足智多谋的奥德修又向谛摩多科说道："谛摩多科，说真的，我比任何人都更欣赏你；我不知道教你唱歌的是天帝的女儿缪剎还是阿波龙；你所唱的关于阿凯人的遭遇的歌是非常正确、非常好的；你述说他们的功绩、经历和苦难，简直像你当时在场或听人讲过的一样。现在请你再换一个题目，请你歌唱造木马的故事；那个木马是埃培奥在雅典娜帮助下造成的，英雄奥德修用巧计带进城里，内藏甲兵，结果打下了伊利昂城。要是你能够正确地为我歌唱这个故事，我将对一切人宣称，天神是宠爱你的，并且赐给你神妙的歌唱艺术。"

他这样说；乐师在天神指示下表演他的艺术，开始歌唱；故事开始说阿凯人纵火烧了营帐，坐着排桨的船离开；这时英雄奥德修带领一部分人藏在木马里，留在特罗人的会场，因为特罗人把木马拖进了城楼；当时木马就立在那里，许多特罗人在会场辩论不决；他们有三种主张，有的主张用无情的铜矛刺透中空的木马，有的主张把它扔到岩石上，有的主张让它留在那里作为景观，来使天神喜悦，后来正是那样做的；他们命里注定要遭到灭亡，让王城接纳了巨大的木马；木马里面藏着阿凯人的精锐战士，给特罗人带来屠戮和死亡；他歌唱那些阿凯子弟怎样从埋伏的地方，从木马的空腹出来，在全城进行屠杀掠夺；他又歌唱他们怎样到处破坏高大的城墙，奥德修怎样凶猛得像战神一样，同英雄曼涅劳直奔向德依佛伯的宫邸；在那里，他经历了最艰苦的战斗，最后在无敌的雅典娜帮助下终于获得了胜利。

那位著名的乐师就歌唱了这些故事；奥德修心里一软，泪流满面；正如一个妇人倒在她丈夫身上，哀哀哭泣；她丈夫企图使都城和他的孩子避免惨痛命运，为了保卫都城和人民，终于战死；那妇人看到他喘着气要死了，就抱着他高声呼喊；后面敌人用枪打她的肩背，要把她带走作俘虏，忍受悲惨苦难的命运；她受到强烈刺激，面容憔悴；奥德修正是这样悲伤流泪。别的人都没有看到他流下眼泪，只有阿吉诺一个人注意到了；他坐在奥德修身旁，也听到他沉重叹息；他立刻对擅长用桨的腓依基人说道："腓依基的王侯和谋士们，请听我说；现在让谛摩多科不要再弹他的清音的琴吧，因为他的歌曲没有使得大家高兴起来；自从我们开始进餐，自从那神妙的乐师开始歌唱，客人就不停地悲伤叹息；很明显，他心里是很难受的；让谛摩多科停止吧，让主人和客人都高兴起来；那样不是更好吗？这些娱乐本来是为了尊敬客人安排的；这些礼物和送行的宴席都是为了表示友好；任何懂一点礼节的人都应该把外乡人和求援者当作兄弟一般招待。现在我要问问客人，请你也不要有所隐瞒，还是讲出来好；请你告诉我，在你的故乡，你的父母以及城里和邻近地方的人怎样称呼你；任何世人出生以后，无论贵贱，都不会没有名字；父母总要给儿女起个名字的。还请你告诉我你的地域、部族和城邦，以便我们的船把你送去；在腓依基人当中没有领港的人；我们的船与别人的不同，并不用舵；船懂得我们的意愿，也知道一切部族的城邦和肥沃土地，它们可以很快驶过雾气迷漫的大海，不必害怕遭到损伤毁坏。我曾经听我父亲劳西陀说过；他说波塞顿对我们不满，因为我们安全载运所有航海的人，因此总有一天当腓依基人精造的船从雾气迷漫的海上送客回来时，波塞顿要打击我们，降下大山把我们城邦围困起来；老人曾这样说过；至于上天会不会让这件事应验，那是要看他高兴怎样做了。现在就请你告诉我，要说实话，在你漫游当中，你到过什么地方？看到什么种族和著名城市？遇到哪些凶恶野蛮、不守礼法的人，哪些尊重来客、敬畏天神的人？还请你告诉我，当你听到阿凯人在伊利昂的遭遇的时候，你为什么要流泪悲伤？天神布置的那一次战役毁灭了许多人，供给后世歌唱的材料；是不是你的某位高贵亲人，或者是血亲以外最近的亲戚，如女婿或丈人，在伊利昂城前阵亡了？还是某位心爱的高贵伙伴阵亡了？一个知己的伙伴是并不比一个亲戚更差的。”

卷 九

足智多谋的奥德修回答道：“阿吉诺王，最显耀的人，能够听到这样好的乐师歌诵是很幸运的，他的声音同天神一样；我认为没有比这个更大的享受；现在大家喜气洋洋，顺序坐在堂上饮宴，听着歌曲，面前的餐几摆满麦饼和肴肉，有侍者从碗里倒出酒来，把每人面前的酒杯斟满；我想这是最幸福不过的了。但是你偏要问我为什么心情沉重，这只能使我更加难受。主掌苍穹的天神给了我很多苦难；我先讲什么，后讲什么好呢？我现在先告诉你们我的名字，让你们知道；如果将来我能逃脱不幸的命运，我也许会接待你们的，虽然我住的地方很远。我就是拉埃提之子奥德修，我的名声远达苍穹，世人都称道我的足智多谋。我住在天气清明的伊大嘉岛，岛上有山，俯视一切，林木茂盛，附近有许多海岛，都有人居住，那就是杜利奇岛、萨弥岛和林木茂盛的查昆陀岛；伊大嘉是海中最西边的岛，别的岛都在东边。伊大嘉虽然是山地，但对人的锻炼很有好处；我认为我从来没有见过更可爱的地方。辉煌的女神卡吕蒲索曾把我留在她深深的山洞里，要我做她的丈夫；还有埃亚依的女神刻尔吉也想把我留下，要我做她的丈夫；可是她们都不能让我改变心意。任何东西也不如故乡和自己的父母更可爱，即使一个人离开父母，远在异乡，住在富裕的人家里。现在让我再给你讲讲，在我离开特罗之后，上天在我归家路上给我的种种苦难。

“离开特罗之后，风把我们带到吉康人的地方伊斯马洛；我们攻下那座城，屠杀了当地居民，俘获了城里居民的妻子和许多财宝；我们平分了战利品，不让任何人失掉他应得的一份；那时我叫大家快快逃走，但是他们很糊涂，没有听我的劝告；他们喝了很多酒，在海岸边又宰了许多羊和肥牛；这时吉康人叫来了住在邻近的更多更勇猛的战士；那些吉康人是住在大陆上的，擅长在马上战斗，也能步战；到了清晨他们就来了，像春天出现的花叶一样茂盛；宙斯要让我们饱尝苦难，为我们这些倒霉的人安排了恶劣的命运；我们摆好阵式，在快船旁边开始战斗，用青铜枪矛互攻；从清晨到神圣的白昼增强的时候，我们还能守住阵地，打退比我们人数更多的敌人，可是到了太阳西下，停止驾牛的时候，吉康人终于占了上风，打垮了阿凯人；我们每船损失了六个披甲的伙伴，其余的人逃脱了死亡的命运。

“我们离开那里继续航行，心情沉重，庆幸自己逃脱死亡，但是丢掉一些亲爱的伙伴；我是等到向那些不幸的伙伴呼唤了三次，才允许我们长船离开的，但是他们都在原野上被吉康人杀掉了。那时聚集云雾的宙斯唤起北风，带来狂风暴雨，大地和海洋都隐藏在云雾里，黑夜自天涌下，船被风吹走，船帆给撕成碎片；我们害怕遭到不幸，赶快把船帆放下，靠近陆地；两天两夜，我们躺在船里；疲倦和忧愁折磨着我们；华鬘的曙光带来了第三天；这时我们才又竖起桅杆，扬起白帆，坐到桨位上，让风和舵手引导着我们前进；当时看起来我们就要安全回到故乡了，可是当我们绕过马雷雅的时候，风浪又把船带走，离开鸠塞罗，在海上漂流。一连九天时间，狂风把我们又带到鱼龙起伏的大海上；到了第十天，我们到达了吃蒌陀果的种族的地方，那里的人以花果为粮食；我们登陆打了水，然后在快船旁边吃饭；在我们吃完饭喝完酒之后，我决定派遣几个伙伴去打听住在这片土地上吃粮食的人是什么种族；我挑了两个人去，又派了另一个回来报告；他们到了吃蒌陀果的种族那里，那里的人并没有杀死他们，只给了他们一些蒌陀果吃；他们吃了这种甜蜜果实，就只想同那些人留在一起，吃着果实，不想回来报告，也不想回家了。我强迫他们哭哭啼啼地回到船上，把他们绑在弯船的桨位下面，然后命令别的忠实伙伴赶快登上快船，免得有人吃了这种果实不想回家；他们立刻上了船，在桨位上按次序坐好，用桨打着幽暗的海水。

“我们继续航行，心情沉重；我们又来到狂妄野蛮的独目巨人的地方；这里的人依靠永生天神的帮助，不用手种植也不耕田，所有五谷都不需耕种，而能自己生长；这里有小麦大麦和一串串制酒的葡萄，上天降下的雨使它们成长；这些人没有聚会的会场，没有法律规章；他们都住在高山顶峰深深的石洞里；他们彼此都不关心，只管自己的妻子儿女。距离独目巨人的大陆不远，海湾外面有一片荒岛，上面林木茂盛，无数野羊繁殖在那里，因为没有人的脚步惊走它们，那些爬山越岭穿林过莽的猎人也不到那里去；那里没有牧场也没有耕地，无人播种，无人耕锄，没有居民，只有咩咩的羊群；要是独目巨人们有赤舳的船，或者有能造带排桨的船的工匠，可以像一般航海的人那样，到其他种族和城邦那里去处理事务，他们本来可以把那个岛变成很好的属地的；因为那个岛并不坏，四季都有收成；在幽暗海洋的岸边，有潮润柔软的草地；那里的葡萄永不枯谢；岛上还有平坦可耕的土地，每季可以得到很好的收成，因为土壤很肥沃；岛上也有可以安全停泊的地方，不必下锚也不必用绳索把船拴住；航海的人可以随意停泊，到了有顺风的时候再离开；从山洞下面流出一股清亮的泉水，流入海湾；山洞旁边生长着茂盛的白杨树；好像有天神在黑暗里导引我们，我们就进入停泊的地方；我们什么也看不见，四面都是很厚的雾；上面也看不见天空和月亮，都被云雾遮盖起来了；在我们有排桨的船靠岸之前，谁也没有看到这个海岛，也没有看到岸边的滚滚巨浪；我们停下船，把帆放下，登上海岸，就倒下睡觉，等待灿烂的曙光来临。

“当那初生的有红指甲的曙光刚刚呈现的时候，我们在岛上游荡，观赏风景；为了让我们饱餐一顿，持盾的宙斯的女儿山林女神们唤起山野的羊群；我们立刻从船上拿来弯弓和长矛，分成三队去射猎；上天立刻让我们得到所希望的猎物；当时有十二只船跟随我，每只船上分到九头羊；我自己分到十头；这一整天，直到日落时分，我们坐着吃喝大量的肉和甜酒；船上的红酒还没有喝完，还有剩余，这是因为当我们打下吉康人的神圣王城时，我们大家又用坛子装了不少酒；我们远望隔岸独目巨人的地方，看到了炊烟也听到人声和羊羝的叫声；太阳落下，夜色降临，我们又躺在海岸上睡觉。

“当那初生的有红指甲的曙光刚刚呈现的时候，我把大家召集起来，对他们说道：‘我的忠实伙伴们，你们都留在这里；我要带着我的船和我船上的伙伴去看看那边的人是些什么人，是狂暴野蛮不讲道理的呢，还是尊重客人敬畏天神的人。’

“我说完就上了船，并且吩咐我的伙伴们也上船，解下船缆；他们立刻上船，在桨位上按次序坐好，用桨打着幽暗的海水。我们来到距离不远的对岸，就看到海岸边有一个高大的山洞，上面月桂低垂，有许多山羊绵羊在那里歇息，旁边有石筑的高台、高大的松树和茂盛的栎树；有一个异常巨大的人在那里；他不同别的人在一起，独据一方，单独在那里放牧，无拘无束；他的形象好像是一个庞大的怪物，不像是一个吃粮食的凡人，而是像一个林木繁茂的山峰，高出在众人之上。

“我挑选了十二个最勇敢的伙伴和我同去。吩咐其余的忠实伙伴留在船边，保护船只。我还带去一羊皮口袋的黑色甜酒，那是尤安底之子马罗给我的；马罗是伊斯马洛的保护神阿波龙的祭师，住在腓伯阿波龙的神薮里；他送给我这酒，因为我尊敬他，并且保护了他的妻子儿女；他送给我一些贵重礼物，七镒纯金和一个银碗，又给我满满十二坛的不掺水的甜酒；这是一种神奇的酒；他家里的女奴和侍女都不知道有这种酒，只有他自己、他妻子和一个女管家知道；他们喝这种蜜甜的红酒的时候，他每杯都掺上十二倍的水；那时酒碗里发出一种神奇的香味，使得任何人都无法拒绝不喝。我就装了一大皮袋这种酒，又带上一袋干粮；因为虽然我心里毫无恐惧，但也感觉到我们要遇到一个威力极大的对手，一个不讲道理无法无天的野蛮人。

“我们很快就到了洞口；我们发现他带着肥羊放牧去了，不在洞里，我们就进洞观看一切东西；洞里有整筐的干酪，羊圈里挤满幼小绵羊和山羊，早生的、后生的和初生的都分开饲养；一切精制器皿、一切装奶的碗罐里都装满羊奶；我的伙伴们建议拿走这些奶酪，再快快把幼小的山羊绵羊从羊圈里带出来，就离开这里，回到快船上，继续在海上航行；那样做实在要好得多；但是我没有听他们的劝告；我想看一看这个人，看他会不会招待我们，但是他的出现结果对我的伙伴们并不是一件愉快的事。

"我们生起火来，向天神献了祭，然后吃着奶酪，就在洞里等候那独目巨人放牧归来；那巨人带回一大捆木柴来烧饭，他把木柴丢到洞里，发出巨响，我们都畏缩地躲到山洞深处；他又把所有挤奶的母羊赶进深洞，把公羊留在门外的大院子里，他举起一块大石头作为洞门；这块放在门口的石头是那样巨大，就是二十二辆精造的马车也不能把它拖开；他就坐下依次给那些咩咩的绵羊和山羊挤奶，又让母羊喂了每头小羊；然后他把雪白的羊奶分一半作成干酪放在篮子里，另一半留在碗罐里，等到吃晚饭时再喝；他忙完这些事，就来生火；这时他看到我们，就问道：'你们这些外地人是干什么的？你们是从什么地方航海到这里来的？你们是有事要办呢，还是随意漫游像海盗那样？那些人冒险到处游荡，给各处居民带来灾祸。'

“他这样说；他的响亮声音和巨大形象把我们吓呆了，使我们胆战心惊，但是我还是回答他说道：‘我们是阿凯人，从特罗地方来的，经历了多次风浪，才漂游经过大海的深渊；我们本想回家，但是走了错路，来到这里；这大概是上天的旨意；我们是阿特留之子阿加曼农的藩属；阿加曼农是天下最有威望的大王；他打下了最强大的城镇，屠杀了许多居民，我们既然来到这里，我们就请求你招待我们，按礼节送给我们待客的礼物；最伟大的人也要敬畏天神；我们现在向你求援；宙斯是保护求援者和外乡人的神；敬神的外乡人永远是得到他的帮助的。’

“我这样说；他立刻毫不留情地回答道：‘外乡人，你是个糊涂人，也许你是远处来的；你居然认为我应该畏惧天神；告诉你，独目巨人们从来不怕持盾的宙斯或其他极乐天神们，因为我们比他们强大；除非我自己情愿，我是不会为了害怕宙斯动怒而饶了你和你的伙伴的。你告诉我你的精造的船停在哪里；离这里很远呢还是很近？我希望知道哩。’

“他这样说来试探我，但是他的意图瞒不了我，因为我是很有智谋的；我就向他说假话回答道：‘摇撼大地之神波塞顿已经打烂了我的船；风从海上直吹过来，把它撞坏在岸边

岩石上；只有我们几个人逃掉不幸的死亡。’

“我这样说；这个凶暴的巨人没有回答；他跳起来，伸手抓我的伙伴，一把就抓住两个，拿他们像小狗一样在地上撞，他们的脑浆流出来，沾湿了土地；巨人又弄断他们的肢体，做晚饭吃；就像山野生长的狮子一样，把他们的肠子、肉和骨髓都吃得干干净净，一点也没有留下；我们眼看这种残忍行为，无计可施，只有向上天伸着手哭泣。这个独目巨人吃完人肉，又喝了不掺水的羊奶，填满了肚子，然后就在洞里的羊群中间躺下；这时我很想鼓足勇气向他进攻，从腰旁拔出利剑，用手摸到他肝脏所在地方，再把剑刺进他的胸膛；但是又一个念头阻止了我；因为我们无法用手推开洞口所放的巨石，那样我们也必然要遭到死亡；我们只好叹息着等待灿烂的曙光。

“当那初生的有红指甲的曙光刚刚呈现的时候，巨人生起火，又依次给他的美好羊群挤奶，又让母羊喂了每头小羊；他忙完他的工作之后，又立刻抓起两个人做他的早饭；他吃完了，就轻易地把巨大的门石移开，把肥羊赶到洞外，又把石头放回原处，像人盖上箭袋那样容易；独目巨人然后呼啸着，把他的肥羊赶到山里。我留在洞里，考虑怎样能把他杀死，希望雅典娜能赐给我荣耀，给我复仇的机会；我最后想出我认为是最好的办法：在羊圈旁边有巨人的一根青绿的橄榄木棍，那是他砍下留待干后使用的；看到这根棍子，令人想起渡过汪洋大海的有二十名桨手的黑色载货大船的桅杆；它正是那么长，那么粗；我走过去，砍下大约六尺长的一段，把它交给伙伴们，叫他们把它削光；在他们削光棍子的时候，我在旁边把它一头弄尖，然后拿到熊熊的火上，把它烧硬；洞里堆积了很多羊粪，我就把棍子藏好在粪污下面；我叫伙伴们抓阄，当巨人正做着好梦的时候，看哪几个来同我一起冒险把木棍抬起，去刺巨人的眼睛；结果决定的人正是我所希望的人；他们一共四个人，加上我是五个。

“在黄昏时分，巨人赶着毛茸茸的羊群回来；他立刻把肥羊都赶进深洞，没有留一个在外面大院子里，不知道是由于疑心什么，还是天神给了他什么暗示；他又高举那巨大门石，把它放好；然后他又坐下依次给咩咩的绵羊和山羊挤奶，又让母羊喂了每头小羊；他忙完他的工作之后，又抓起两个人做他的晚饭；这时我手捧一个藤根做成的酒杯，盛着黑色的酒，走近独目巨人，对他说道：‘巨人，你吃完人肉，请喝酒吧，让你也知道我们船上带来多么好的酒；我本来给你带来这个酒作为献礼，希望你会可怜我，好送我回家，可是你胡作非为，令人无法忍受；你太残暴了；你做事这样不讲道理，旁的地方的人以后还怎么敢到这里来？’

“我这样说；他把酒接过去喝干；尝了甜酒，他非常欢喜，就又向我要酒喝：‘快快再给我一些酒，并且立刻告诉我你的名字，那样我就要把你所喜欢的礼物送给你；虽然生长五谷的大地给了我们巨人可以酿酒的葡萄，又有天帝的雨使得葡萄成熟，但是这种酒简直是仙液神浆。’

“他这样说；我又给了他一些灿烂的酒浆；我给他斟上三次，三次他都糊里糊涂地喝干了；当酒的力量已经到了他心里的时候，我就用甜言蜜语向他说道：‘独目巨人，你既然要问我显耀的称号，我就告诉你；你可要如你所说的那样，送给我一件礼物；我的名字叫“无人”；我的父母和所有伙伴都这样称呼我。’

“我这样说；他无情无义地回答道：‘我要先吃旁人，把“无人”留到最后再吃；这就是我的礼物。’

“他说完话，就晃晃悠悠地仰面倒下，歪着粗壮的脖子躺在地上，被战胜一切的睡眠所征服；他醉得呕吐起来，嘴里流出酒和嚼碎的人肉。这时我把木棍深深插到炭火里，等它烧热，又用话鼓励伙伴们，免得哪一个害怕退缩；那橄榄木棍虽然还是青的，但在火里渐渐变红，快要燃着了；我过去把它从火里拿出来；伙伴们站在身边；上天使得我们大胆；伙伴们抓住一头削尖的橄榄木，刺进巨人的眼睛；我在上面用身体重量使木棍转动；正像人用钻子钻船板，旁边又有人抓住皮带两头，使它来回旋转，一直不停，我们就这样把烧热的木棍在他眼里转动；血从炽热的钻子四周流下；当眼珠烧着了的时候，眼皮和眉毛都被火灼焦，眼里的神经在火里爆炸，又像一个铁匠把大斧头或铁锛浸在冷水里淬砺，发出巨大响声，这样铁才会更加坚硬，巨人的眼珠就这样在橄榄木的周围发出响声。巨人大吼一声，声音宏亮可怕，岩石发出回响；我们畏惧退缩；他把木棍从眼里拔出，流了很多血；然后他把木棍扔开，两手乱摇，向着住在附近风撼的山巅上岩洞里的独目巨人们大声呼唤；巨人们听见他的叫喊，从各地集合，到了洞外，问他有什么痛苦。‘波吕菲谟，你有什么痛苦？干什么在神圣的黑夜里喊叫，使得我们无法安睡？是有人用强力赶走你的羊吗？还是有人用阴谋或暴力来杀害你？’

“在洞里的有巨大力量的波吕菲谟向他们说道：‘唉，朋

奥德修给波吕谟菲倒酒

友们，“无人”用阴谋，不是用暴力，在杀害我哩。’

“他们就认真地回答道：‘要是你一个人在那里，又无人用暴力对付你，那一定是伟大的宙斯降下了无法逃避的病患了；你向我们的父亲，尊贵的波塞顿祷告吧。’

“他们就这样说着走开了；我心里暗笑，因为我的假名和高明的计策骗了他们。那独目巨人呻吟着，疼得打转，用手摸索着把石头从门口拿开；他坐在门口，伸着手，希望能够捉到一个跟着羊群走出去的人；他以为我是那样糊涂哩。我就计划怎样做最妥当，怎样想一个办法使得伙伴们和我自己能够逃脱死亡；我考虑了各种策略；因为我们面临巨大危险；这是性命攸关的事；最后我想了一个主意，我认为那是最好的；洞里有一些肥壮的长毛公羊，美好而魁伟，毛是紫黑色的；我一声不响，用编好的芦苇把它们绑在一起；那些芦苇是独目巨人，那个无恶不作的怪物，平日用来作床铺的；我把三头羊绑在一起，中间的一头羊绑上一个人，其余的两头在旁边保护我的伙伴；这样就是每三头羊带一个人；至于我自己，我看到有一头公羊是整个羊群里最好的；我抓住羊身，蜷伏在它多毛的肚皮上，脸朝上面，用手抓住厚厚的羊毛，心情镇定；我们就忧心忡忡地等待灿烂的曙光。

“当那初生的有红指甲的曙光刚刚呈现的时候，羊群里的公羊都要去吃草；等着挤奶的母羊在羊圈里咩咩叫着，因为它们的奶房都涨满了。虽然羊群的主人受到痛苦的折磨，当羊来到他面前，他还是用手摸了每头羊的背上；但是这个糊涂家伙并不知道在毛茸茸的羊肚下有人被绑在那里。最后出门的就是那头公羊；它不但毛厚，还有聪明的奥德修这个沉重负担，力大无穷的波吕菲谟抚摸着公羊的背，对它说道：‘亲爱的公羊，你为什么是最后一个走出山洞？你以往并不经常留在羊群后面，总是远远头一个大步走去吃青草的嫩芽，头一个到达河水，头一个在黄昏时分转回羊圈的，但是现在你却是最后一个；你一定是为你主人的眼睛悲伤吧；那是一个恶人弄瞎的；他同他可恨的伙伴先用酒灌醉了我；他叫作“无人”；我敢赌咒他还没有逃脱死亡。要是你跟我有同样知觉，能够说话，能告诉我他在哪里躲避我的愤怒，那就好了；那样我就可以打击他，把他的脑浆溅到地上各处，那个可恶的“无人”给我心里带来的痛苦就会减轻一些了。’

“他说完话，就把公羊放出大门。等到我们离开山洞和院子一些距离，我首先把自己从羊身下解放出来，然后把伙伴们放开；我们立刻把那些肥壮长腿的羊群赶走，不断转身观望，一直到我们到达船边。我的亲爱的伙伴们看到我们很高兴，庆幸我们逃脱死亡，但是又为死去的人悲悼；我向他们点头示意，阻止他们发声哭泣，命令他们赶快把这许多长毛的羊放到船上，然后开到苦咸的海上；他们立刻上船，在桨位上按次序坐好，用桨打着幽暗的海水。

“当我们离开海岸大约有一个人呼声所及的距离时，我又用嘲笑的话对独目巨人喊道：‘独目巨人，你虽然在你深深的山洞里把我的伙伴残暴地吃掉，看来我也不是一个无用的人，你这个可恶的东西，居然胆敢在家里吃掉你的客人；可是你做的恶事遭到了足够的报应；宙斯和其他天神到底让你偿还了血债。’

“我这样说，独目巨人心里更加恼恨，就弄断一块巨大的山峰，向我们扔过来；那块岩石正落在黑船前面。岩石落处海里掀起一阵波浪，浪落下来把船推向陆地，靠近岸边；我拿起长竿把船推开，同时向伙伴们点头示意，叫他们赶快拿起桨来，离开险地；他们立刻摇动船桨；等到我们离开海岸两倍于方才的距离，我又想对独目巨人讲话；每个伙伴们都好言劝阻我说道：‘你这个坏家伙，干什么要向那个野蛮人挑战？方才他往海里投下石头，把我们的船又带到岸边，我们以为真要死在这里了哩。要是他听到我们讲话的声音，他会再扔一块大石头，打烂我们的船和我们的头的；这么远的距离他是扔得到的。’

“他们都这样说，但是我胆子太大，没有听他们的话；我又愤怒地向他喊道：‘独目巨人，要是哪一个凡人问你，谁让你遭受耻辱，弄瞎了眼睛，你可以告诉他，这是攻城夺寨的奥德修，拉埃提的儿子干的，他的家在伊大嘉。’

“我这样说，独目巨人叹息着回答道：‘唉！过去的预言居然应验了；过去尤吕弥底的儿子提勒摩，一个身材高大一表堂堂的人，是个非常出色的预言家；他年老时在独目巨人当中作过预言，告诉我将来要应验的种种事情，说我在奥德修的手下将失去视觉。我一直注意看着，生怕有一个魁伟壮美、有巨大气力的人会到这里来，现在却被一个卑微弱小的家伙用酒灌醉，弄瞎了眼睛。可是奥德修，请你回来吧，让我招待招待你，然后请伟大的撼地之神送你回家，他说他是我的父亲，我是他的儿子哩。只要他高兴，他是能够医好我的瞎眼的，其他的极乐天神和凡人都不行。’

“他这样说；我回答他说道：‘我真希望我能让你送命，让你到阴间去；那样就连撼地之神也医不好你的眼睛了。’

“我这样说；独目巨人向着繁星灿烂的天空伸着手，对大神波塞顿祷告道：‘环绕大地的青发神波塞顿，请听我祈求；要是你说你是我的父亲，我真是你的儿子，就请你不要让那个住在伊大嘉的拉埃提的儿子，攻城夺寨的奥德修，回到他的家乡；要是他命中注定可以回到他的故乡和家室，可以看到他的亲人，至少让他遇到重重障碍，失去全部伙伴，乘旁人的船，狼狈回家，而且让他在家里再次遇到灾难。’

“他这样作了祷告；青发之神接受了他的请求。这时独目巨人又一次举起一块岩石，比上次还要大得多，把它飞旋着扔过来；岩石来势很猛，仅仅擦过船上的舵，落到黑船后面；波涛涌起，把船前冲，推到海岛旁边；在海岛上我们留下的排桨的船只正集合在一起等待我们回来；伙伴们都坐在那里，哭泣着怀念我们；我们的船到达海岛，停在沙岸上；我们上岸，把从弯船里带出来的独目巨人的羊群分掉，每人都得到他应有的一份；穿戴甲胄的伙伴们在分羊时又把那头公羊例外送给我一个人；我在岸上就供献了这头羊，把羊股肉烧了，献给那乌云之神阋阆之子宙斯，但是宙斯并没有接纳我的祭礼，还是打算要把一切排桨的船和我的忠实伙伴都毁掉。

“这一整天，一直到日落时分，我们坐着吃喝大量的肉和甜酒；后来太阳落下，夜色降临，我们就在海岸上睡觉；当那初生的有红指甲的曙光刚刚呈现的时候，我叫起伙伴们，吩咐他们上船，解开船缆；他们立刻上了船，在桨位上按次序坐好，用桨打着幽暗的海水。我们继续航行，心情沉重，庆幸自己逃脱死亡，但是丢掉了一些亲爱的伙伴。”

卷　十

“我们来到埃奥里岛；在这个漂浮的岛上，住着永生天神所宠爱的希波塔之子埃奥洛；岛的四周有直立的悬崖和永不破裂的铜墙。埃奥洛的王宫里还有他的十二个孩子，六个是女儿，六个是健壮的男子；他的女儿都嫁给他的儿子；他们天天同亲爱的父亲和尊贵的母亲在一起欢宴，面前摆满数不清的珍肴美味；白昼他们的宫室里充满肴肉的香气，院里人声喧哗；晚间他们在有毛毡和绳棚的床上，在端庄的妻子身旁睡觉。我们到达他们的王城和辉煌宫殿；埃奥洛招待了我们一个月，向我们提出各种问题，打听关于伊利昂城和阿戈人的舰队以及战士们还乡的事；我们给他一项项讲了；后来我问他怎样上路，请他帮助我们还乡；埃奥洛并没有拒绝，就做好了上路的准备，又把一头九岁的公牛的皮剥下来，做成一个皮袋交给我，袋里装的是各方呼啸的风；因为阋阆之子让他做群风的看守人；他可以任意唤起一阵风或叫它停止。他把这皮袋用灿烂的银绳绑牢，不让一点气漏出来，放在我的弯船里，又放出一阵西风相送，让风把我的船队和伙伴带走；可是这一切终于无效；因为我们自己糊涂，还是遭到了毁灭。

“我们日夜航行，走了九天；到了第十天，我们已经看到故乡土地；我们距离很近，已经可以望见点烽火的看守人。我因为太疲倦了，就沉入甜蜜的梦乡；我一直掌握着船的方向，没有把舵交给别的人，为了要尽快回到故乡。这时伙伴们纷纷议论起来；他们猜想我带回去的东西是英雄希波塔之子埃奥洛送给我的金银礼物；有人就看着旁边的伙伴评论道：‘哼！他得到大家的尊敬爱戴，现在就要回到自己的城邦了；他从特罗带回很多虏获的珍贵财宝；我们作了同样旅行，却空手回家；现在埃奥洛又热情招待他，送给他这些礼物。我们现在应该看看这口袋里装的是什么东西，是金子还是银子。’

“伙伴们就这样议论着，他们的坏主意占了上风；他们打开皮袋；突然各种风暴都涌出来，把惊惶啼哭的人带到海上，远远离开故乡；我这时才惊醒过来；我就想：是索性从船上跳下去，把自己淹死好呢，还是留在世上，沉默忍受下去；最后我决定活着忍受这次灾难；我就躺在船里，掩住我的脸。这阵风暴把船队又带回埃奥里岛；我的伙伴们只好叹气；我们又登陆，汲了饮用的清水，然后在快船旁边吃了饭；我们吃完饭，我带着一个使者和一个伙伴到埃奥洛的辉煌宫殿那里去；我看见他正同妻子和儿女们吃饭；我们进了门，就在门槛旁边的柱旁坐下；他们十分惊讶，就问道：'奥德修，你怎么又回来了？你是遭到了什么坏运气？我们不是已经把你妥善送走，让你好回到故乡家室和你愿去的任何地方了吗？'

"他们这样问我；我心情沉重，对他们说道：'朋友们，我的坏伙伴和我倒霉的睡眠造成了这次灾祸；可是请再帮帮我们吧；你们是有力量的。'

"我这样低声下气地恳求他们，但是他们一言不发；最后他们的父亲回答道：'你这个坏东西，赶快离开我们的岛；我不能帮助遣送那被极乐天神厌恶的人；你走吧，因为你是上天所唾弃的。'

“他这样说，我只好深深叹息，离开那里；然后我们怀着沉重心情，继续航行；由于我们的一时糊涂，不再有顺风相助了，只好耗费精力，艰苦摇桨；我们又走了六天；在第七天我们到达莱斯特吕恭人居住的帖勒蒲洛地方，拉摩的高大城堡；那里早晨牧人赶羊出去和夜间赶羊回来的人互相呼应；那里的人如果不睡觉，就可以挣双份工钱，同时放牧牛又放牧雪白的羊群，因为黑夜和白天的间隔是很短的。我们来到这个美好的港口，看到海港两岸峭壁连续不断，港口很窄，有突出的岩石相对；我们的船都进入港口，停泊在深港里，挤在一起；这里既没有大波也没有小浪，一片平静；只有我把我的黑船停在港外，靠着海岸，把船绳绑在岩石上。我爬到崎岖岩石上站着遥望，没有看到有人和牛耕田，只看到地面上有炊烟升起。我决定派伙伴去打听一下，在吃谷物的凡人当中，这里是什么部族；我挑选了两个人前往，又派了第三个人，让他报信。他们上了岸，走上一条平坦的路，那里有大车把木材从高山上运到城里。在城外他们碰到一个汲水的姑娘；她是莱斯特吕恭人的王安提法谛的健壮的女儿，正要到美好的阿尔塔吉泉水那里去，那是他们城里经常汲取清水的地方；两个伙伴就走上前同她讲话，问她这里的国王是谁，统治着什么部族；她指给他们她父亲的高大王宫；他们走进那座辉煌的宫殿，看到安提法谛的妻子高大得像一座山峰，不禁大吃一惊；安提法谛的妻子立刻把她丈夫安提法谛国王从会场叫来；安提法谛打算让来人遭到惨死；他立刻抓起一个伙伴，拿他当作点心吃掉；其他两个人跳起来就跑，一直跑到船上；安提法谛就在城里大声呼唤，巨大的莱斯特吕恭人闻声从四面赶来，成千上万，看来不像凡人，有如巨灵一般；他们从峭壁上尽力扔下岩石；船上一片凄惨声音，人将死的喊叫和船被打碎的响声混在一起；他们又像拿了鱼叉叉鱼一样把人叉起带回去，作一顿残忍的饭吃掉；当巨人们在深港里屠杀我的伙伴的时候，我从腰间拔出利刃，斫断黑船的船绳，然后立刻唤起伙伴，叫他们摇起桨来，逃脱这场灾难；大家害怕遭到不幸，都用桨打着海水，这样我的船才侥幸离开峭壁，回到海上，可是其他的船全都在那里遭到了毁灭。

“我们离开那里继续航行，心情沉重；虽然失去了亲爱的伙伴却庆幸自己死里逃生。我们又来到埃亚依岛，那是能作人言的可怖的华鬘女神刻尔吉居住的地方；刻尔吉是凶恶的埃依提的妹妹；他们两个都是给人光明的太阳神所生；他

莱斯特吕恭人的王抓住奥德修的一个伙伴

们的母亲是瀛海的女儿波斯。由于上天指引，我们一声不响，把船开进停泊的海港，靠了岸；我们上岸后，又悲痛又疲倦，在那里睡了两天两夜；华鬘的曙光带来了第三天；我拿起长矛和利剑，立刻离开船去登高眺望，希望能看到人迹和听到人声；我爬到崎岖岩石上站着远望，看到广大土地上，在榛莽和丛林深处，有炊烟从刻尔吉的宫殿上升起；我心里盘算，既然看到人烟，要不要去探看一下；我结果认为最好的做法是，首先回到海滩上船旁，给我的伙伴们一顿饭吃，再派他们去探查；在我正要回到长船的时候，不知道哪一位天神看到我孤单无助，动了怜恤之心，居然在我经过的路上送来一头长角的大鹿。那头鹿正被太阳晒得难受，从林中草地走出来，到河边去喝水；它才走出树林，我就在它背脊中间给了它一下；铜矛穿过鹿身，它叫了一声，倒在沙上死掉；我踩在鹿身上，从刺中的地方把铜矛拔出，丢在地上；我就采了一些榛条柳枝，编成了一庹长的绳子，绞紧两头，把这头庞大的鹿的腿绑在一起，背起来，回到黑色船那里；我是用铜矛把它叉起来的，因为不能用手把它放到肩上，这头鹿实在太大了。我在船前面把鹿丢下，又向每个伙伴说些好听的话来鼓励他们：'朋友们，虽然我们日子不好过，可

是命中注定的死期还未到，还不该到阴间去呢；我们快船里还有可吃可喝的；现在还是考虑吃一些喝一些吧，不要把身体饿垮了。’

“我这样说；他们立刻听从我的话，不再蒙着头睡觉；他们在荒凉的海滩上看到这头鹿都很惊奇，因为它真是个庞然大物；他们欣赏完了，又洗了手，准备大吃一顿；这一整天，直到日落时分，我们都坐在那里，吃着大量的鹿肉和甜酒；等到太阳落下，夜色降临，我们又在海滩上睡觉。

“当那初生的有红指甲的曙光刚刚呈现的时候，我把伙伴们召集起来，向他们大家说道：‘伙伴们，请听我讲；你们受尽了苦难，现在我们也认不出哪一边是黑暗，哪一边是曙光；哪里是给人光明的太阳落到地下的西方，哪里是太阳升起的东方；我们现在要研究一下，看看有什么办法；我看也没有多少办法；可是我曾经爬上崎岖的岩石眺望全岛，我看到四面都是无边大海，岛是平坦的，在海岛中心的榛莽和丛林深处有炊烟升起。’

“我这样说；他们想起莱斯特吕恭的安提法谛和吃人的独目巨人的强暴，心胆俱裂，就大声痛哭，流了很多眼泪；可是痛哭也没有用处。我把穿戴甲胄的伙伴们分成两队，每队任命一个队长；一队由我带领，另一队归高贵的尤吕洛科指挥。我们立刻在铜盔里拈阄，结果抽出的名字是尤吕洛科，他只好前往；同他一起去的共二十二人；他们都哭哭啼啼，留下的人也悲伤叹气。他们到了丛林里，看到在一片可以远望的高地上有磨光石块筑成的刻尔吉的宫邸；四围有山里的狼和狮子；那些野兽都吃了她的药，被她迷惑了；它们并不扑人，只站在一边摇着长尾巴；就像狗看到主人赴宴回来表示欢迎，因为他经常带一些东西给它们吃；那些利爪的狼和狮子正是那样向他们表示欢迎；可是他们看到这些可怕的野兽，却很害怕；他们来到那位华鬘女神的门口，听到刻尔吉正在屋里用美妙的声音唱歌，同时织一匹神奇的大布，那是非常精细而美丽的神工妙制。在这一队人中高贵的波利提是最勇敢的，也是我最喜爱的；他向众人说道：'朋友们，屋里有人纺织哩；她还唱着美妙的歌，使得整个地方都发出回声；不知道这是天神还是凡人；我们向她打个招呼吧。'

"他这样说；他们向刻尔吉呼唤；刻尔吉立刻打开华丽的房门走出来，请他们进去；他们全部都糊里糊涂地随她进去了；只有尤吕洛科疑心里面有阴谋，留在外面。刻尔吉带他们进了房间，请他们在椅子上坐下，请他们吃些奶酪、麦饼、浅黄色的蜂蜜和普难尼酒，但是她在酒饭里加上迷药，使他们完全忘记故乡；她请他们喝了酒之后，就用杖打他们，把他们关在猪圈里；他们的头脸、声音、毛发和身体都变成猪，只有思想感情依旧不变；这样他们啼哭着就都被关闭起来了；刻尔吉又丢下一些槲檞的果实和山茱萸给他们吃，那些都是爬行的猪经常吃的东西。

“尤吕洛科立刻回到黑色快船那里，传达伙伴们遭到不幸的消息；他的精神受到这样沉重的打击，以致他虽然急着要说，但是说不出一句话来；他的双眼充满眼泪，他只能叹气；我们吃了一惊，大家一再向他盘问，他才说出其他伙伴遭到的悲惨命运，‘按照你的吩咐，高贵的奥德修，我们进入丛林，我们发现在林中的一片可以远望的高地上有一座光滑石块筑成的美好宫邸；那里有人织着一匹大布，歌声清朗，不知道是天神还是凡人；伙伴向她大声呼唤；她开了华丽的房门走出来，请他们进去；他们全部都糊里糊涂地随她进去了，只有我疑心里面有阴谋，留在外面；他们就此失踪了；任何一个都没有再露面，虽然我坐着观望了很久时间。’

“他这样说；我在肩上挂起那把银镶的青铜巨剑，又带上弓箭，就命令他按照原来的路领我去；尤吕洛科用手抱着我的膝盖，流着眼泪，恳切地请求我，说道：‘宙斯的后裔，请不要逼迫我到那里去；把我留在这儿吧；我知道你不可能把那些伙伴找回来的，连你自己也不会回来；我们同这里的伙伴们还是快快逃走吧，那样也许还能逃脱灾祸。’

“他这样说，可是我回答道：‘尤吕洛科，那样你就留在这儿，在黑色的弯船旁边吃喝吧；我是要去的，因为我有重大的责任。’

“我说着，就离开了海边的船；我进入那圣洁的林薮，要到有魔术的刻尔吉的宫邸那里去；执金节之神赫尔墨就在我向那座宫邸走去的时候挡住了我的路；他变作一个刚刚长胡须的年华正茂的年轻人模样，抓住我的手，对我说道：‘倒霉的家伙，你孤零零地爬山越巅，不明地情，要到哪里去？你的伙伴们已经在刻尔吉的家里变成了猪，被关在猪圈里，挤在一起；你要去释放他们吗？我敢说连你自己也不会回来，你会同他们一起留在那里。现在我要救你脱离这场灾难；你要拿着这株珍贵的药草到刻尔吉那里去，它可以帮助你抵抗邪恶势力。我还可以告诉你刻尔吉的一切害人办法；她将给你一种混合饮料，而且在食物里放上迷药；可是她将不能迷惑你，因为我给你的这株珍贵的药草可以制止它；我

波吕菲谟

朱利奥·罗马诺（Giulio Romano）作

壁画，1526—1528 年

位于曼托瓦得特宫

奥德修在波吕菲谟洞中
雅各布·乔登斯（Jacob Jordaens）作
布面油画，17 世纪上半叶
现藏于莫斯科普希金艺术博物馆

奥德修在波吕菲谟洞中

康斯坦丁·汉森（Constantin Hansen）作

布面油画，1835 年

馆藏不详

奥德修从波吕菲谟洞中逃走

克里斯托弗·威廉·埃克斯伯格（Christoffer Wilhelm Eckersberg）作

布面油画，1812 年

现藏于普林斯顿大学美术馆

波吕菲谟

圭多·雷尼（Guido Reni）作

布面油画，1639—1640 年

现藏于罗马卡皮托利尼博物馆

奥德修与波吕菲谟

阿诺德·勃克林作

木板油画、蛋彩画，1896 年

现藏于波士顿美术博物馆

刻尔吉

赖特·巴克（Wright Barker）作

布面油画，1889 年

现藏于布拉德福德卡特赖特城堡美术馆

刻尔吉下毒

约翰·威廉·沃特豪斯作

布面油画，1892 年

现藏于阿德莱德南澳美术馆

刻尔吉

贝阿特利斯·奥弗（Beatrice Offor）作

布面油画，1911 年

现藏于伦敦布鲁斯城堡博物馆

刻尔吉让奥德修喝酒

约翰·威廉·沃特豪斯作

布面油画，1891 年

现藏于奥尔德姆美术馆

奥德修与刻尔吉

杨·范比莱特（Jan van Bijlert）作

木板油画，17 世纪上半叶

私人收藏

奥德修与刻尔吉

乔万尼·安德烈亚·希拉尼（Giovanni Andrea Sirani）作

布面油画，约1650—约1655年

现藏于罗马卡皮托利尼博物馆

奥德修威胁刻尔吉

雅各布 · 乔登斯作

布面油画，1630 年

现藏于巴塞尔艺术博物馆

奥德修的船在斯鸠利与卡吕布狄之间经过

亚历山德罗·阿洛里（Alessandro Allori）作

壁画，约 1575 年

位于佛罗伦萨萨尔维亚蒂宫

塞仑

约翰·麦卡伦·斯旺（John Macallan Swan）作

布面油画，1896 年

现藏于阿姆斯特丹国立博物馆

塞仑的奇异海域

乔治·威洛比·梅纳德（George Willoughby Maynard）作

布面油画，1889 年

现藏于纽约大都会艺术博物馆

塞仑

亨丽埃塔·雷伊（Henrietta Rae）作

布面油画，约 1903 年

私人收藏

塞仑与夜

威廉·爱德华·弗罗斯特（William Edward Frost）作

布面油画，19 世纪

馆藏不详

赛仑

爱德华·阿米塔格（Edward Armitage）作

布面油画，1888 年

现藏于利兹美术馆

奥德修与塞仑

约翰·威廉·沃特豪斯作

布面油画，1891 年

现藏于墨尔本维多利亚国家美术馆

奥德修与塞仑

赫伯特·詹姆斯·德雷伯作

布面油画，约1909年

现藏于赫尔费伦斯艺术馆

还可以告诉你；当刻尔吉用她的长杖打你的时候，你就从身旁拔出利剑，向她冲去，作出好像是要杀她的样子；她害怕你，就会请求你同她交欢；你在这时刻也不要拒绝女神的卧榻，为了让她释放你的伙伴，并且好好招待你；可是你要先以极乐天神的名义，命令她赌一个大咒，免得她再策划别的阴谋来害你；不要让她在你赤身露体的时候把你变成软弱无用的人。'

"斩魔神这样说了，就从地上拔起药草交给我，告诉我它的功能；这种草的根是黑的，花是乳白色的；天神称它为摩吕草；凡人是很难采到它的，可是天神们一切事都能做到。赫尔墨就离开这林木茂盛的海岛，回到高高的奥仑波山；我继续走向刻尔吉的宫邸；一边走着，一边暗暗考虑许多事情。

"我来到那位华鬘女神的大门，就站在那里叫她；女神听到我的声音，立刻打开华丽的房门走出来，请我进去；我担着心，随她进了门，她带我进门之后，请我坐在一个银镶的精美座椅上，脚下又放了一个凳子；她拿金杯调了一杯酒给我喝，但是不怀好意，里面放上迷药；我喝了之后，并没有被它迷惑；这时她用杖打我，对我说道：'现在到猪圈去，同你别的伙伴躺到一起去吧。'

“她这样说；可是我从身旁拔出利剑，就向刻尔吉冲去，作出好像是要杀她的样子；她大叫一声，跑过来抱住我的膝盖，就恳切地泣求我，说道：‘你是谁呀？是哪里来的？你的城邦和父母在什么地方？你喝了这药酒没有被迷惑，这真叫我非常奇怪；过去任何人喝了酒，只要药酒经过他的牙关，没有能够抵制这种力量的；可是你的心居然不受它迷惑；你一定就是那个足智多谋的奥德修；执金节的斩魔神曾经一再告诉我，说那个人要坐着黑色的快船从特罗到此地来的。现在请把你的剑放回鞘里，然后我们两人到床上去交欢一番，相互信任。’

“她这样说；我回答道：‘刻尔吉，你怎么能使我对你温存？你才把我的伙伴们在堂上变成了猪，现在又不怀好意地招待我，要我到你寝室去，登上你的卧床；等到我脱掉衣服，你就可以把我变得软弱无用了；我倒不反对上你的床，女神，只要你肯给我赌一个大咒，不要再策划什么别的坏事来害我。’

“我这样说；她立刻照我所说的赌了咒；她赌完了咒，我就上了刻尔吉的华丽的床。这时她的四个侍女就在堂上忙着准备；她家里的这些女奴都是山泉林薮和流入大海的神圣河水所生；一个在座椅上放好美丽的紫色毛毡，下面又铺上麻布；另一个在椅子前面摆上银镶的餐几，上面放上金制的篮子；第三个在银碗里调好蜜甜的酒，分好黄金杯子；第四个带来清水，又在一个大铜鼎下生起烈火，把水烧热；等到水在灿烂的铜鼎里煮沸的时候，她用鼎里的水给我洗澡；先把水调得温度合适，再倒到我的头上和肩上，把那恼人的疲倦感觉从我身上去掉；她给我洗完澡，又涂上很多橄榄油，又在我身上披上衬衫和美好的套袍；然后她领我回到堂上，请我坐在银镶的精美座椅上，脚下又放了一个凳子；另一个侍女用美丽的金瓶带来洗手的水，把水倒在一个银盆里给我洗手，在我面前又放好光滑的餐几；庄重的女管家拿来麦饼和许多肴肉放下，充分供应各种食品；刻尔吉就请我进餐，但是我不想吃，坐着想别的事情，郁郁不快；她看到我坐在那里，心情沉重，不去伸手拿东西吃，就在我身旁恳切地问道：‘奥德修，你怎么啦？为什么坐在这里同哑巴一样，心里不痛快，不吃不喝？难道你还怕有什么别的阴谋？你不必害怕；我已经赌过一个大咒了。’

“她这样说；我回答说道：‘刻尔吉，眼看着伙伴们还未被释放，近在眼前，哪一个正常的人能够想到吃喝？你要是

真心要我吃喝，那就请你释放他们，让我能亲眼再看到我的忠实伙伴。’

“我这样说，刻尔吉走过堂上，手里拿着杖，打开猪圈的门，把那些变成九岁的猪的形状的人赶出来；他们站在她面前；她从他们中间走过，给他们每人涂上另一种药，过去女神刻尔吉用药使他们长出的猪毛就从他们身上落下；他们又变成人，而且比以前更年轻，更壮健魁伟。他们认出了我，都跑过来抓住我的手，激动得哭起来；整个房子发出很大回声；那女神也不禁受了感动。

“这时那位辉煌的女神就走过来，对我说道：‘神裔拉埃提之子，足智多谋的奥德修，现在你要到海边的快船那里去，先把船拖到陆地上，再把所有货物和用具放在岩洞里，然后再带着你的忠实伙伴们一同回来。’

“她这样说，我欣然同意，就回到海边快船那里；我看到我的忠实伙伴们正在快船旁边忧伤哭泣，流着很多眼泪；有如母牛吃够了草回到农场，小牛都在四围欢跃；牛厩关不住它们；它们不停地叫着，在它们母亲周围乱跑；他们看到了我正是这样，都围着我，哭泣流泪，好像已经回到了他们生长的故乡和丘陵起伏的伊大嘉岛的都城。他们就恳切地对

奥德赛在刻尔吉桌旁

我说道：‘宙斯的后裔，要是你能够还乡，我们将像自己回到伊大嘉故乡一样高兴；现在请你告诉我们，其余的伙伴是怎样死掉的。’

“他们这样说；我就温和地对他们说道：‘首先让我们把船拖上陆地，再把所有的货物和用具放在岩洞里，然后你们大家可以赶快跟我去看你们的伙伴；他们正在刻尔吉的魔宫里吃喝；他们被招待得非常周到哩。’

“我这样说；他们立刻遵命去做；只有尤吕洛科一个人还想阻拦他们；他恳切地对大家说道：‘你们这些倒霉的人要到哪里去？你们为什么自找祸殃？为什么要到刻尔吉的家里去？难道要让她把我们都变成猪狼狮子，强迫我们给她看守宫殿吗？那独目巨人就是一个例子；当时伙伴们到他的家里去，就是这个大胆的奥德修把他们带去的；由于他的鲁莽，他们都丧了性命。’

“他这样说；我当时心里思忖，要不要从我健壮的腿旁拔出长剑，把他打倒在地上，砍掉他的头，虽然他是我的亲戚；但是我的伙伴都纷纷用好言劝阻我：‘宙斯的后裔，请你答应饶了他；让他留在这里看守船好了；你可以带我们到刻尔吉的魔宫去。’

“他们这样说；我们就离开海滩上的船；尤吕洛科怕我的严厉谴责，结果也没有留在弯船边，还是跟我去了。这时刻尔吉在她家里殷勤招待，给伙伴们都洗了澡，又涂了很多橄榄油，给他们穿上毛织的衬衫和套袍；我们看到他们正在堂上享受盛宴招待。他们彼此见面认出来的时候，都痛哭流泪，厅堂也发出回响。辉煌的女神走过来，对我说道：‘你们不要再哭了；我知道你们在鱼龙出没的海上受了不少苦，那些野蛮人又在陆地上伤害了你们；现在来吃点东西喝点酒吧，那可以使你们增加一些胆量，恢复你们最初离开丘陵起伏的伊大嘉故乡时的勇气。你们现在被折磨得失去了信心，整天想着艰苦的漂流；因为受了很多苦，心情也不舒畅了。’

“她这样说；我们欣然同意；我们从那时起就留在那里，每天大量吃着肉喝着甜酒，这样过了一年；当岁月消逝，又一年到来，换了季节，白昼变长的时候，我的忠实伙伴们对我说道：‘主公，如果命里注定你可以得救，能够回到你的故乡和高大宫邸的话，你现在应该考虑回乡了。’

“他们这样建议，我欣然同意；这一整天直到日落时分，我们都坐在那里，吃着大量的肉和甜酒；等到太阳落下，夜色降临，他们在幽暗的堂上睡觉；我上了刻尔吉的华丽的卧床，就抱着她的膝盖请求女神听我讲话，我恳切地对她说道：‘刻尔吉，请你实践你的诺言，送我们回家吧；我现在想回去了，我的伙伴们也都想走哩；当你不在旁边的时候，他们就在我周围啼哭，使我心情很沉重。’

“我这样说，辉煌的女神立刻说道：‘神裔拉埃提之子，足智多谋的奥德修，你可以不必勉强留在我家里；可是你需要首先完成另一次旅行；你要到埃达和可畏的波瑟丰妮的居处，去找那位盲目的预言家，塞拜城的泰瑞西阿的鬼魂；他虽然死了，他的智慧依然如旧；波瑟丰妮让他保持智慧，能够思索问题，而其他的鬼魂只是些飘浮的影子。’

“她这样说；我大吃一惊，就坐在床上哭起来；简直不想活下去，再看到太阳的光辉了。我辗转哭泣了半天，最后我对她说道：‘刻尔吉，谁能领我作这次旅行？从来还没有人坐黑色船到过阴间哩。’

“我这样说；辉煌的女神立刻回答道：‘神裔拉埃提之子，足智多谋的奥德修，你不必担心没有领路的人；你把桅杆竖好，白帆扬起，然后坐下；北风会把船送到的。你坐船渡过瀛海，那边有平坦的海岸和波瑟丰妮的灵薮，有高大的白杨和落絮的柳树；你把船停在幽暗的瀛海岸上，就到埃达的阴森地府去；火河和恶河的支流哀河在那里流入深渊；在两条汹涌的河流会合之处有一块岩石，王爷，你就按照我的话，到那里去，要挖一个长宽各一庹的洞，然后在洞旁给一切鬼魂祭奠；首先用掺蜜的奶，然后用甜酒，然后用水，再撒些雪白的大麦；你要向那些无助的鬼魂好好祷告，答应回到伊大嘉时在你家里祭上一头最好的、没有生过小牛的母牛，在祭坛上摆满隆重祭品；还要挑一头在羊群里最出色的全黑公羊，给泰瑞西阿单独献祭；你给那些高贵的鬼魂作完祈祷之后，要向着地府方向献上一头公羊和一头黑的母羊；但是你要转过头向着河水；那时许多死者的魂灵将会降临；你要吩咐你的伙伴，把那些用无情的青铜杀掉的羊，剥皮焚献，向群神祷告，向猛厉的埃达和可畏的波瑟丰妮祷告；你要从身旁拔出利剑，稳坐那里，在你问过泰瑞西阿之前，不让那些无助的鬼魂接触鲜血。等到那位出色的预言家来了，他就可以告诉你回乡的路途、方向和远近，帮助你渡过鱼龙出没的大海。'

"她这样说；这时金座的曙光降临大地；女神给我穿上衬衫和套袍，自己也穿上轻细悦目的银色长袍，腰上束了美丽的金带，头上戴了面纱。我就走过房间去把伙伴们叫醒，

对他们每人温和地说道：‘不要躺着做好梦了，我们应该走了；女神刻尔吉已经对我说明了一切要做的事。’

“我这样说；他们欣然同意；但是我并没有能够毫无损失地把全部伙伴都带走；有一个最年轻的，名叫埃尔屏诺；不是在战斗中最勇敢的，也不是最聪明的；在刻尔吉的魔宫里他没有同伙伴们睡在一起；因为他喝醉了，去找了一个凉快地方；当他听到伙伴们呼喊的声音，他被惊醒了，突然爬起来，但是忘记了要下梯子，就从屋顶倒着掉下来，把头颈连接脊骨的地方跌断了；他的魂魄就到了阴间。

“我对着同行的人说道：‘你们一定以为现在就要回到故乡去，实际上刻尔吉是叫我们作另外一次旅行；她要我们到埃达和可畏的波瑟丰妮的居处，寻找塞拜的泰瑞西阿的鬼魂去哩。’

“我这样说；他们都吓破了胆，坐在原地哭泣，撕着头发；可是哭泣也没有用处。我们哭哭啼啼地到了海滩上快船旁；这时刻尔吉早已经到了黑色船旁边，还把一头公羊和一头黑色母羊绑在那里；她要赶过我们是很容易的；只要天神不想显现自己，她的来踪去迹是不能用眼看到的。”

卷十一

“我们到达海岸上黑色船旁边，首先把船拖到灿烂的海面上，竖起桅帆，把羊赶上船，自己也上了船，心情沉重，流了许多眼泪；这时那位说凡人语言的可畏的华鬘女神刻尔吉送给我们一阵顺风来鼓满船帆，帮助我们，在黑船的后面推送；我们把船上各种器具安排好了，然后坐下；顺风和舵手掌握着方向，船扬着帆穿过大海，整天都在航行；太阳落下，一切道路都变得昏暗。

“我们的船到了环绕大地的幽深的瀛海边缘；被云雾所隐盖的荆靡人和他们的城镇就在那里；光明的太阳升上繁星的天空和从天上转回地面的时候，从来照不到那里的人；那些不幸的人永远被邪恶的黑夜所笼盖；我们到了那里，把船停下，把羊带上岸，然后到瀛海的岸边，一直走到刻尔吉所吩咐的地点。

“培里弥底和尤吕洛科两个人把用作牺牲的羊抓住；我从身旁拔出利剑，挖了一个大约一庹长一庹宽的坑，在坑的四周给一切鬼魂作了祭奠；先用掺蜜的奶，然后用甜酒，最后用水，又撒了雪白的大麦；我就向那些无助的鬼魂恳切祷告，答应回到伊大嘉时在家里祭上一头最好的、没有生过小牛的母牛，在祭坛上摆满隆重祭品；还要挑一头在羊群里最出色的全黑公羊，给泰瑞西阿单独献祭；我对那群鬼魂作完祈祷之后，把羊带过来，在坑里把它们的喉管切断，乌黑的血流出；这时死者的魂灵从阴府降临，集合在一起，其中有新婚的少女，未婚的少年，饱经忧患的老人，不知愁虑的年轻姑娘，还有许多被铜矛杀伤，死在战争中的人，穿着溅满鲜血的盔甲；这许多鬼魂从不同方向拥来，聚集在坑边，发出可怖的呼号；苍白的恐惧抓住了我；我吩咐伙伴们，立刻把那些用无情的青铜杀掉的羊剥了皮焚献，向群神祷告，向猛厉的埃达和可畏的波瑟丰妮祷告；我从身旁拔出利剑，稳坐那里，在我没有问过泰瑞西阿之前，不让那些无助的鬼魂接触鲜血。

“第一个来到的是我伙伴埃尔屏诺的鬼魂；他还没有在广阔的大地里被埋葬；我们把他的尸首存放在刻尔吉家里，没有来得及哀悼下葬，因为我们忙于其他事情。我看到他，心里难过，就流着泪激动地向他说道：‘埃尔屏诺，你怎么已经来到了幽暗的阴间？你的步行看来比我们的黑船还快呢。’

“我这样说；他叹着气回答道：‘神裔拉埃提之子，足智多谋的奥德修，天降的噩运和饮酒过度毁了我；我在刻尔吉家里睡着了，忘记了要下梯子，头冲下从房顶上掉下来，把头颈连接脊骨的地方跌断了；我的魂灵就到了阴间。我现在以那些不同我们在一起、留在家里的我们亲人的名义，以你的妻子、把你养大的父亲以及你留在家里的独生子帖雷马科的名义请求你。我知道你离开阴间之后，你的船还要回到埃亚依岛；王爷，我请你离开的时候不要把我忘记，不要把我的尸体留在那里，不哀悼下葬，置之不理；你如果那样做，上天也要怪罪你的。我请求你将我连同盔甲和一切财物一起焚化，在幽暗的大海岸上给我堆起一座坟，使得后代也知道我这个不幸的人；请你做好这些，再在坟上竖起我的船桨，那是我生前同伙伴们共同使用的。’

“他这样说；我回答他说道：‘不幸的人，这一切我一定照办。’我们坐着谈得很伤心，但同时我却拿着剑保护着羊血，让他在旁边谈了很久。

“在他之后来的是我已故的母亲，英雄奥托吕科的女儿安提克丽雅的鬼魂。当我离开她，到伊利昂的神圣都城的时候，她还是活着的。我看到她，心里难过，流下泪来；我虽然悲痛，可是在我没有问过泰瑞西阿之前，还是不让她走近尝到羊血。

“这时塞拜城的泰瑞西阿的鬼魂就来了，手里拿着金杖；他认出是我，就对我说道：‘神裔拉埃提之子，足智多谋的奥德修，你这个倒霉的家伙为什么要离开太阳的光辉，到这个悲惨的地方来拜访鬼魂？请你离开这个坑，拿开你的利剑，我就喝点血并且向你作真实的预言。’

“他这样说；我把银镶的剑放回鞘里，并且让出了地方；这位高贵的预言人喝了乌黑的血之后，就对我说道：‘光荣的奥德修，你虽然渴望回家，但是天神要让你的归程很艰苦；那位摇撼大地之神我看你是躲不开的；他怀恨在心，因为你把他爱子的眼睛弄瞎了；可是你们虽然遭受折磨也还可以回家，只要你能够控制住你的伙伴；当你乘着精工制造的船到达塞尼那吉岛，离开紫色的海水，你们将要看到太阳神的美好牛羊在岛上吃草；太阳神是无所不见、无所不闻的；只要你们一心一意想回家，不去杀害那些牛羊，你们即使受尽折磨，也可以回到伊大嘉；可是如果你们杀害了那些牛羊，我敢说你的船和伙伴们都要遭到灭亡；你一个人是可以逃脱的，可是你要经历许多风险，回家的时间将要大大延长，而且要丢掉你的全体伙伴，乘着别人的船到家；你回家之后还要遇到灾难；那里有狂妄无礼的人消耗你的家财，给你高贵的妻子送礼求婚；你回到家之后，将要惩罚他们这种强暴行为；在你用阴谋或用利剑当众把你家里的求婚子弟杀掉之后，你就挑选一把好用的船桨，到外地去游历，一直到你找到那个部族，他们不知道有海，不知道有彩绘的船和作为船的双翼的长桨，也不吃有盐的食物；我可以告诉你一个明显的征象，那是你不会错过的；当你在路上碰到一个人，认为你的壮健肩膀上的桨是个簸箕的时候，你就要把那把结实的船桨插在地上，向大神波塞顿献上美好祭物，要献一头公羊、一头公牛和一口交配过的公猪；然后你可以回家，再按照次序向主掌广天的全体永生天神献上圣洁的百牛大祭；你的老年将过得很舒畅，温柔的死亡将从海上降临；你统治的人民将是幸福的；我告诉你的这一切都将实现。'

“他这样说；我回答他说道：‘泰瑞西阿，这些都听上天安排；请你现在告诉我，要毫不隐瞒地对我说；我看到我死去的母亲的鬼魂，她坐在羊血附近，一声不响，不肯看她的儿子，也不对她儿子说话；王爷，请你告诉我怎样能够使她认识我？’

“我这样说；他立刻回答道：‘这很容易回答；我可以告诉你；只要你让任何死者的鬼魂接触羊血，它就会同你说真实的话；如果你不许它走近，它就要回去了。’

“高贵的泰瑞西阿说完话；作完了预言，就回到阴府去了；我继续留下，一直等到我母亲过来喝了乌黑的羊血；她立刻认出了我，就哭泣着对我激动地说道：‘我的孩子，怎么你没有死就到幽暗的阴间来了？活人看到这些可不容易啊；人世和阴府之间有巨大的河流和可怕的水道，首先瀛海就不能步行渡过，除非你乘着很好的船；你是从特罗地方乘船，同伙伴们一起，经过漫长岁月，来到这里的吗？你是否还没有回到伊大嘉，看见家里的妻子？’

“她这样说；我回答她说道：‘我的妈妈，我到阴间来是由于某种需要：我是来向塞拜的泰瑞西阿的鬼魂打听一些事的。我还没有接近阿凯人的地方，还没有到达自己的国土；

自从我跟随大王阿加曼农到出产良马的伊利昂、同特罗人交战以来，我一直在外面流荡受苦。请你告诉我，要毫不隐瞒地对我说；你是被什么不幸的死亡征服的？你是经过长期疾病死去的，还是那位善射的女神阿特密突然用温柔的箭把你射死的？请你也告诉我关于我父亲和我留在家里的儿子的消息；他们还保持我的王权吗？还是有人声称我不会再回去，把王权拿走了？我还请你告诉我关于我妻子的态度；她是同她儿子在一起，保护着我的全部财产呢，还是已经嫁给别的阿凯王侯了？’

“我这样说；我的尊贵的母亲立刻回答道：‘你妻子非常坚定；她还留在家里，白天黑夜都在流泪悲伤；你的美好的王权也没有被人夺去；帖雷马科还安稳地占有王田，像统治者所应得的那样，受人供养，大家都邀请他，只是你父亲现在住在庄园里，从不进城；他不用床铺袍毡和灿烂的被褥，身上穿着破烂衣服；冬天他同奴隶们一起睡在屋里灶灰上；夏天和丰收的秋天到来的时候，他就用地上堆集的落叶作床，那些落叶在他葡萄园的山坡上到处都是；他就在那里悲伤地躺着，怀着沉重忧愁，度着困苦的晚年，渴望你回家。我就是那样死掉的；明眸善射的女神并没有用温柔的箭把我在家里射死，我并没有感染什么疾病，经过什么痛苦折磨，消耗了精力；我是由于想念你，渴望再得到你的抚爱和智慧，就丧失了甜蜜的生命。'

"她这样说；我真想要拥抱我的死去母亲的魂灵；我三次向她跑过去，心想要抱住她，但是三次她都像影子和幻梦一样，从我手中溜走了；这使得我的心里更加痛苦；我对她激动地说道：'我的妈妈，我很想拥抱你；虽然是在阴间，你为什么不能留下，让我们彼此拥抱，让我们冰冷的悲哀得到安慰呢？你难道是可怕的波瑟丰妮遣来的一个幻影，只来增加我的悲伤痛苦的吗？'

"我这样说；我的尊贵的母亲回答道：'啊，我的最不幸的儿子，宙斯的女儿波瑟丰妮并没有欺骗你；一般世人死后都是这样的；人死后骨肉分解，被烈火的强大力量消灭掉；一旦生命离开白骨，魂灵就像幻梦一样飞走，到处飘浮；你快快回到阳世去吧；你要好好记住这一切事情，以后好告诉你的妻子。'

"我们就这样交谈着；这时又来了一群妇女；都是可怕的波瑟丰妮送来的一些王侯的妻女；她们聚集在乌黑的羊血旁边；我考虑怎样对她们一一提出问题；后来我想了一个好

办法，我从我健壮的腿旁抽出长剑，不许她们一起来喝乌黑的血；她们只好一个个地走过来；每一个鬼魂说出她的来历；这样我就盘问了她们全体。

“我碰到的第一个是高贵的屠罗；她说她是沙蒙留王的女儿，埃奥洛之子克雷调的妻子；她非常喜欢神圣的安尼卑奥河，那是大地上最美好的一条河流；她常到那里去；环绕着大地、摇撼大地之神假装是河神，曾在湍急的河口同她交合；那时紫色的波浪像山峰一样四围矗立，隐藏着天神和这妇人；波塞顿给她洒下睡梦，解开处女的腰带；海神和她调情交欢之后，就抓住她的手，向她说道：‘夫人，你可以为我们的恋爱庆幸；过了一年之后，你将生两个高贵的儿子，因为天神的拥抱不是软弱无力的；你要把他们养育带大；现在回家去吧，不要把这件事告诉任何人，但是你要知道我是摇撼大地之神波塞顿。’

“他说完就沉入波涛汹涌的海底；屠罗怀了孕，生了培利雅和尼奈奥，他们都成为伟大的宙斯的孔武多力的侍从，培利雅在约尔科广野上拥有许多羊群，尼奈奥住在蒲罗的沙地。王后屠罗后来同克雷调又生了几个儿子；他们是埃桑、费雷和擅长车战的阿缪达翁。

“然后我又看到阿索波的女儿安提奥辟，据说她曾同宙斯拥抱交欢，生了两个儿子安菲翁和泽陀；他们两人是首先把七门的塞拜城打下的人；他们又重建起城墙，因为他们虽然孔武多力，却不能住在没有城垒的广阔的塞拜。

“然后我又看到安菲特吕翁的妻子阿克曼妮；她也曾同伟大的宙斯拥抱交欢，生了猛勇善战的赫拉克雷；我还看到克雷翁王的女儿麦加瑞；她嫁给了多力的安菲特吕翁的儿子。

“我还看到跛足王的母亲，美貌的埃辟伽斯提；她由于无知而犯了大罪，同她的儿子结了婚；跛足王是杀了自己的父亲又娶了她；天神使得人民都知道了这件事，但是上天又残忍地决定让跛足王继续在美好的塞拜城统治着嘉德谟人，忍受痛苦；埃辟伽斯提在极端悔恨下，悬梁自缢，到了强大的守关者埃达所居的阴府；她给跛足王留下许多灾难，那是母亲的厉鬼带来的。

“我又看到美貌的克洛瑞；尼奈奥送给她大量聘礼而娶她为妻，就因为她的美貌；她本来是奥科曼诺地方民吕依人的王耶索的儿子安菲翁的幼女；她成为蒲罗的王后之后，生了几个高贵的儿子；他们是王子奈斯陀、克洛密奥和培里克吕曼诺；她又生了高贵的辟罗，一位美貌出众的姑娘；邻近的人都向她求婚，可是尼奈奥不答应任何人，除非哪一个能够把伊菲克雷王的阔额肥牛从甫拉吉赶走，那是很不容易做到的；那位高贵的预言者做到了这件事，可是上天注定他还要遭到苦难奴役，还要在野外放牧，一直到过了许多年，到了应该停止劳役的时候，伊菲克雷王让他说完预言，才释放了他，完成上天的旨意。

“我又看到敦达留的妻子黎达；她生了两个英雄儿子；这就是服马者伽斯陀和善于拳斗的波吕条吉；他们都被给人生命的大地活埋了，可是到了阴间宙斯还赐给他们荣耀；他们轮流每人活一天再死一天；他们得到同天神一样的尊敬。我又看到阿楼由的妻子伊菲美德雅；据说她曾同波塞顿交合，生了两个儿子，但都短命死了；一个是天神一般的奥托，一个是著名的埃菲阿提；除开著名的奥瑞翁之外，他们是生长五谷的土地所养育的最魁伟高大的人。他们在九岁时就身围九膊，身高九庹；他们宣称要对奥仑波山上的永生天神展开激战，要把奥沙山放在奥仑波山顶，上面再放上林木丛生的庇利翁山，这样登上天庭；如果他们长大成人，这件事他们是做得到的；但是他们双鬓下还未长出毛发，下巴还没有盖满胡须，他们就被宙斯和华鬘的黎陀所生的儿子杀死了。

“我又看到菲德丽、普洛克妮和美貌的阿瑞亚德妮；后一位是凶暴的米诺王的女儿；塞修打算把她从克里特岛带到神圣雅典的山上；但是他没有能够享有她，因为在狄奥尼索的指示下，阿特密女神在海水环绕的狄埃岛就把她杀死了。

“我还看到麦罗、克吕曼妮和邪恶的埃瑞佛利；后一位曾为了黄金出卖自己的丈夫。我不能一一说出我所看到的著名王侯的妻女，因为神异的黑夜已经快要完了；这是睡觉的时间；我可以回到快船和伙伴那里去，或者就在这里休息。至于怎么送我上路，这由上天和你们考虑好了。”

他这样说；大家在阴暗的堂上听得出神，都保持沉默；后来素臂的阿瑞提在众人中发言说道：“腓依基人，你们从这位客人的容貌身材和谨慎的态度得到什么印象？他虽然是我的客人，你们大家也分享这个光荣；对这样的客人，我们不能吝惜礼品，不要忙着送他上路；你们由于上天的恩惠家里都堆集着不少财宝呢。”

年老的英雄埃赫留也在众人中讲了话，他是腓依基人中的长辈，“朋友们，我们有智慧的王后刚才说的话符合我们大家的看法；你们应该听她的建议；至于怎样作出决定并且见诸行动，那是阿吉诺的事。”

阿吉诺回答道:“只要我活着并且统治着喜爱弄桨的腓依基人,她的建议一定要办到;我们客人虽然渴望回家,我建议他应该忍耐到明天,那时我就可以把一切赠送礼物的事办好了。送客人上路的事同大家都有关系,但是我更有责任,因为我在众人当中是掌权的。”

足智多谋的奥德修回答道:“阿吉诺王,最显耀的人,即使你命令我在这里住一年,再赠送我贵重礼物,送我上路,我也是愿意的;那样对我也更合算,我可以带着更多东西回到故乡;当我回到伊大嘉的时候,大家看到我,就会更尊敬我了。”

阿吉诺回答道:“奥德修,我们一看到你,就肯定你不是骗子小偷一类人;在黑色的大地上那种人很多;他们说谎可以让人发觉不出来;你说的话很彬彬有礼,思想也很高尚;当你叙述阿凯人和你自己的悲惨遭遇的时候,你讲故事的本领简直像一位乐师那样高明。现在请你告诉我,要毫不隐瞒;你在阴间可曾看到同你一起到伊利昂,后来遭到死亡的高贵伙伴们;神异的黑夜还长得很哩;这还不是回家睡觉的时候;你给我讲讲那些稀奇事情吧;只要你肯在我家里讲你所受的苦难,要我待到天亮也可以。”

足智多谋的奥德修回答道："阿吉诺王，最显耀的人，应该有讲许多话的时候，也有睡觉的时候；可是如果你真想继续听，我当然也不反对给你讲讲其他更加悲惨的故事，讲讲我那些死去的伙伴的结局；他们在特罗的激战中逃脱性命，但是在归途中却由于一个险恶的女人的阴谋而遭到毁灭。

"在女神波瑟丰妮把那些柔弱妇女的鬼魂驱散到各处之后，就来了阿特留之子阿加曼农的鬼魂；他面容沉郁，四周集合着同他一起在埃吉斯陀家里死去的战士的鬼魂。他喝了乌黑的羊血，开始认出是我；他大声痛哭，流了很多眼泪，向我伸出手，希望能够接触到我，可是他不像从前那样身体矫健，这时已经没有气力了；我看见他，感觉怜悯，流下泪来；我就激动地对他说道：'大王阿加曼农，显耀的阿特留之子，你是怎样遭到惨死的？是波塞顿唤起了一阵猛烈风暴把你在船上打死的？还是你在劫走美好的牛羊或在战争中夺取对方城堡和妇女的时候，被敌人在陆地上杀死的？'

"我这样说；他立刻回答道：'神裔拉埃提之子，足智多谋的奥德修，波塞顿并没有唤起一阵猛烈风暴，把我在船上打死，也不是敌人在陆地上把我杀掉的；把我弄死的是埃吉斯陀；他同我的狠毒的妻子共同谋杀了我；他把我请到他家里饮宴，然后像人在牛厩里杀死一头牛那样把我杀掉；我死得非常凄惨，我旁边的伙伴们也都遭到残杀，就像在富贵人家办喜事聚餐和大摆酒席的时候一批白牙的猪被屠宰那样。你虽然从前也见过杀戮许多人的景象，有些是单独被杀，有些在混战中死亡，但是你要是看到这个场面还是会非常伤心的。我们的尸首横陈在堂上，在酒杯和摆满肴肉的几案之间；地上血流得到处都是；我当时听到普里安王的女儿卡桑德娜发出最凄惨的叫声；狠毒的克吕坦尼斯特娜正要把她杀死在我身边；我身受剑伤快要死了；我还从地上伸手要拦阻她，但是那个不要脸的女人转身不顾；我当时虽然要到阴间去了，可是她并不来用手闭上我的嘴和眼睛。没有任何人比那样阴险的女人更可怕更不知羞耻；她阴谋策划不义的行为，杀害了自己的亲夫；我还以为我就要回家，看到孩子们和奴仆们，受到欢迎呢。这种用心险毒的女人不但给她自己，而且给后世的善良妇女们都带来耻辱。'

"他这样说；我回答他说道：'唉！宏声的宙斯从一开始就由于女人的主意对阿特留族拼命作对；我们已经为了赫连妮的缘故使许多人丧了性命；当你远离祖国的时候，克吕坦尼斯特娜又布下了这个圈套。'

“我这样说；他立刻回答道：‘从今以后你也不要对女人太好了；不要知道什么就都告诉女人；应该只说一部分，同时也隐瞒一部分。不过，奥德修，你是不会死在你妻子手里的，因为聪明的潘奈洛佩，伊加留的女儿，是懂得道理而且心地善良的。我们出征的时候，她结婚不久，还给小孩吃奶呢；现在这个孩子大概已经在成年人的行列当中了；这个孩子是幸运的；他父亲回家时可以看到他，他可以按照礼节欢迎他的父亲。我的妻子就不让我看到我的儿子，因为她事先就把我害死了。可是我还要嘱咐你；你要好好记住；你乘船还乡的时候，要秘密登岸，不可公开，因为女人总是不可信赖的。现在请你告诉我这件事，要毫无隐瞒；你可曾听说我的儿子还活着？他是在奥科曼诺还是在蒲罗的沙地，还是在广大的斯巴达境内曼涅留那里？英雄的奥瑞斯提反正并没有离开人世。’

“他这样说；我回答道：‘阿特留之子，你问我这件事不是自问吗？我什么也不知道；我也不知道他是死是活；说一些没有根据的话是不好的。’

“我们就在那里悲伤地交谈，心情沉重，流了很多眼泪。这时又来了辟留之子阿戏留、帕特洛克勒、高贵的安提洛科和埃亚等人的鬼魂。在达脑人当中，除开高贵的阿戏留而外，埃亚在容貌身材方面都是出类拔萃的。捷足的埃亚科的后裔阿戏留认出是我，就流着泪对我激动地说道：‘神裔拉埃提之子，足智多谋的奥德修，你这个大胆的家伙还想做什么更狂妄的事？你怎么敢跑到阴间来？这里是死者的幽灵，冥冥无知的鬼魂居住的地方。’

“他这样说；我回答他说道：‘辟留之子阿戏留，最猛勇的阿凯战士，我来这里是为了寻找泰瑞西阿，请他指示我怎样回到崎岖的伊大嘉。我还没有能到达阿凯人的地区，还没有在自己的国土登陆；我一直在遭受灾难。阿戏留，我看从古到今没有比你更幸福的人了；你从前活着的时候，我们阿凯战士们对你像天神一般尊崇，现在你在这里又威武地统率着鬼魂们；阿戏留，你虽然是死了，你也不必悲伤。’

“我这样说；他立刻回答道：‘光荣的奥德修，我已经死了，你何必安慰我呢？我宁愿活在世上做人家的奴隶，侍候一个没有多少财产的主人，那样也比统率所有死人的魂灵要好。现在请你告诉我一些有关我的高贵儿子的消息吧；他是也参加了战役，做了主将，还是没有前往？如果你听到有关我尊贵的父亲辟留的消息，也请你告诉我；他在摩弥东人当中还被尊敬吗？还是由于年老，手脚不灵便，在希腊和佛塞亚地方现在不被人重视了？我现在不能在太阳光下帮助他了，像我从前那样；我也曾经在特罗的广野，在千军万马中杀死敌人的主将，保卫阿凯人；要是我还能像从前那样，能够到他住的地方去，即使有片刻时间，我也可以让那些损害他并夺取他的权利的人在我的威力和无敌的手腕下战栗。’

“他这样说；我就回答道：‘我没有听到什么关于尊贵的辟留的消息；关于你的爱子尼奥普托勒谟，我可以遵命报告全部真情实况；是我自己乘有排桨的弯船把他从斯鸠罗岛送到甲胄精良的阿凯战士那里的。当我们在特罗城前考虑战争计划的时候，他常常首先发言，而且意见都很好；只有智慧的奈斯陀和我两人比他略胜一筹。我们在特罗广野上用青铜兵仗战斗的时候，他从不留在人群中，总是在众人前面冲锋陷阵，在可怖的肉搏中杀死很多人。我不能把他在保卫战中杀死的敌人一一列举出来；他用铜矛杀死的有帖勒佛之子尤吕蒲罗那样勇猛的大将；为了一个妇人的礼物，尤吕蒲罗的伙伴竭泰人也一同被杀死不少。除了辉煌的曼农之外，他是我所见的最漂亮的年轻人。当我们这些阿凯战士的精锐藏到埃培奥制作的木马腹中的时候，我是个带队人，掌管着那牢固的开关；当时其他将军和谋士都掩泪战栗，但是我看到他美好的面容从未变色，也没有从脸上擦干眼泪；他一直迫切要求同意他从木马腹中出来，拿着刀剑和长矛去杀特罗人。我们攻下普里安王的崇城之后，他带着自己分得的战利品和贵重奖赏上了船，没有受到任何损伤，没有被锐利的铜矛刺中，也没有在短兵相接时负伤，虽然战争是疯狂混乱的，受伤也是常事。'

“我这样说；那捷足的埃亚科后裔的鬼魂听到他儿子是那样出类拔萃，非常高兴；他就穿过那永不凋谢的草原大步走开了。其他死者的魂灵还在那里悲泣，每人都在打听他所关心的事情；只有帖拉蒙之子埃亚站在旁边，不同别的鬼魂在一起；这是因为我曾经胜过他，所以他心中怀恨。我曾在船边同他竞赛，把他打败了，赢得了阿戏留的盔甲；那副盔甲是阿戏留的母亲留下的，当时帕拉雅典娜和特罗人的子弟们是裁判人；我真后悔我在那次竞赛中得胜，因为就是这件事使得这样一位英雄命丧黄泉；在达脑人当中，除开高贵的阿戏留而外，埃亚在容貌和功绩方面都是出类拔萃的。

“我对埃亚用友好的口吻说道：‘埃亚，高贵的帖拉蒙之子，难道在死后你还不能忘掉你对我的愤怒吗？这都是由于那可恨的盔甲；天神给阿凯人降下灾难，使得他们丧失了这样的干城；我们阿凯战士们为了你的死亡非常悲痛，就像对辟留之子阿戏留的死一样。那件事不能怪罪旁人；那是因为宙斯恼恨持矛的达脑战士，才给你带来了毁灭。王爷，请听我的话，还是让你的怒火和气愤平息一下吧。’

“我这样说；可是他不回答，就同其他死者的鬼魂回到阴府去了；本来他虽然生气，也可能同我讲话，我也愿意同他谈谈，但是我也想多见到一些其他已死英雄们的魂灵。

“我就又看到宙斯的显耀儿子弥诺，他手里拿着黄金的王杖，坐在那里，给鬼魂们宣判；鬼魂们在阴府的大门里，有的坐着，有的站着，围绕着国王，请他裁判。

“我又看到巨大的奥瑞翁驱着他在荒山上杀掉的野兽，走过不谢的草原；他手里拿着不可折断的铜杖。

“我又看到大地的辉煌儿子提屠奥横陈地上；他身长九亩，有两只鹫鸟停在他两边，啄穿他的肚皮，撕食他的脏腑，他也无法用手拦阻它们；这种刑罚是由于他曾对宙斯的高贵妻子黎陀有过强暴行为，当她经过有美好歌场的潘诺贝山到蒲陀去的时候。

“我又看到坦达罗受着酷刑；他站在水池里，水高到他的下巴；他看来很渴，但是他喝不到水，因为每当那老人弯下腰来要喝水，那时水就被吸走不见了，他脚下出现了乌黑的土地；这是天神把它弄干的。还有枝叶繁茂的大树在他头上垂下果实，有梨有石榴还有灿烂的苹果，还有蜜甜的无花果和繁盛的橄榄；可是当老人要用手去抓果子的时候，风就把果实吹向云霄。

“我又看到西修弗受着酷刑；他需要用双手举起大石，然后用手脚撑着，把石头推上山去；可是每当他快要把它推过山头的时候，那块不听话的大石就由于它的重量滚下来，又落到平地上；他只得再竭力把石头举起；弄得头上都是尘土，四肢汗水淋淋。

“后来我又看到力大无穷的赫拉克雷；这不过是他的幻影；他本人却在永生天神的席上参加酒宴，有纤踝的女神希比作他的妻子，那是大神宙斯和金履女神希累的女儿。在赫拉克雷的身旁群鬼呼啸，就像禽鸟被惊起，到处乱飞一样，他面貌阴森，有如黑夜一般，手拿着不戴套的弓，箭在弦上，好像就要射箭，目光眈眈，非常可怕；他胸前佩戴着使人恐惧的黄金带钩，上面雕有神怪的图形，有熊有野猪和目光眈眈的狮子，还有搏斗、战争、屠杀、凶死种种景象。那位用尽技巧制作这个带子的工匠恐怕再不可能做出第二个同样的东西。

“赫拉克雷认出是我，就流着泪对我激动地说道：‘神裔拉埃提之子，足智多谋的奥德修，你这个倒霉的人，是不是也像我一样在阳世遭到不幸，到这里来做苦工了？我虽然是闪阗之子宙斯的后代，可是我受的罪简直数不清；我要听一个比我差得多的人指挥，为他效劳；他交给我艰苦的差使，曾经派我到阴间来擒捉恶狗，因为他再想不出比那个更困难的劳役了，可是在赫尔墨和明眸女神雅典娜帮助下，我还是捉住了那只狗，把它从阴间带出去了。’

“他这样说，就又回到阴府去了。我继续留在那里，等待别的已死英雄来临；我想看到一些我希望遇见的古代英雄，如辉煌的天神的后裔塞修和倍里陀；可是没有等到他们到来，成千上万的鬼魂就蜂拥而上，发出使人战栗的叫啸；苍白的恐惧抓住了我；我怕那神后波瑟丰妮会从阴府派来那可怕的怪物，戈尔工的头颅；我赶快回到船边，吩咐伙伴们上船，解开缆绳；他们立刻上了船，在桨位上坐好；水流把船带到瀛海上；最初我们摇着桨，后来有顺风推送前进。”

鬼魂吓唬奥德修

卷十二

“离开瀛海，我们的船又来到汪洋大海上，到了埃亚依岛，那是初生的曙光栖留和歌舞的场所，太阳升起之地；我们到达那里，把船拖到沙滩上，就上岸酣睡，等待灿烂的曙光降临。

“当那初生的有红指甲的曙光刚刚呈现的时候，我派伙伴到刻尔吉的住处去，把死掉的埃尔屏诺的尸首带回来。我们立刻砍了一些木材，在海岸突出最远的地方给他举行火葬；我们心情沉重，流了很多眼泪；尸首和衣甲都焚尽之后，我们堆起一座坟，拖来一块石碑，在坟的顶上又插上他所用的长桨；我们就这样忙着办理各项事情；但是刻尔吉早就知道我们从阴间回来了；她立刻穿上盛装前来，后面跟随着侍

曙光

女，还带来许多麦饼、莱肴和灿烂的红酒；辉煌的女神站在我们当中对大家说道：‘看你们这些大胆的家伙，居然活着到了阴间，比凡人多经历了一次死亡。现在吃点东西，喝点酒，消磨掉这一整天吧；天亮时候你们就要动身了，我要给你们指出路途，告诉你们每个标志，免得你们不幸估计错误，再在陆地上或海洋上遇到灾难。’

“她这样说；我们欣然同意；这一整天，直到日落时分，我们就在那里无尽无休地吃着肉和甜酒；等到太阳落下，黑夜降临，我们就在船缆旁睡觉。这时刻尔吉拉着我的手，把我从我伙伴那里带到一边，让我坐下；她就躺在我身边，问我种种事情；我把一切经历都详细告诉了她；女神刻尔吉就对我说道：‘好吧，这一切都已经做好了；现在你要听我告诉你的话，天神也会帮助你记住的。你要先经过赛仑鸟的地方，那种怪物能迷惑所有路过的人；谁要是不小心走近那里，听到了赛仑鸟的歌声，他就不会再回家，不会再到他妻子和幼小的儿女身边，让他们高兴了；因为赛仑鸟会用悦耳的歌唱迷惑人；它们两个坐在一片草地上，四周有一大堆死人尸体，只剩下干枯的皮包着骨头。你必须躲开赛仑鸟，要用蜜蜡捏成丸子，把伙伴们的耳朵塞起来，不要让任何一个听到歌声；假使你自己想听一听的话，你可以叫他们把你直绑在你们快船的桅杆支柱上，手脚都要绑牢，再把绳子在桅杆上绑好，那样你才可以欣赏那两个赛仑鸟的歌喉。如果你恳求或命令伙伴们把你解开，他们就应该用更多绳子绑牢你。

“‘在你伙伴们离开那里之后，你们应该走哪一条路，这我不能明白告诉你，需要你自己考虑，我只能告诉你有哪两条路：一条路经过那幸福天神名为冲岩的石峡，岩前喧腾着青眼的安菲特丽提的巨浪，就连有翼的鸟也飞不过去，即使是给宙斯送仙露的驯鸠也逃不脱，那峭险的岩石每次都要捉住一只，因此宙斯每次总要另外补上一只。任何人的船经过那里都不能逃掉；在那里船的碎片和人的肢体在波涛和火焰中混在一起，遭到毁灭；只有过一艘海船曾经从那里走脱，那就是人所共知的阿戈船，是从埃依提地方经过那里的。要不是希累女神爱耶松把船护送过去，就连那条船本来也会很快撞上巨岩的。

“‘另外一条路也要从两个峭岩中间经过，一边的高崖绝顶直上浩浩长空，四面阴云环绕，永古不散，崖顶无论秋夏从来不见青天；向来没有人能攀登到崖顶，即使他有二十只手脚也爬不上，因为悬崖陡滑，就像磨光的一样。在这高崖当中有一个山洞，雾气迷漫，面向西方的阴府。尊贵的奥德修，你的弯船应当从那里经过。一个孔武有力的人从弯船上射箭，也射不到那张着嘴的石洞；可怖的哮吼着的怪物斯鸠利藏在那个洞里；它的声音像一个初生的小狗，但它却是一个凶恶的怪物，谁都怕看见它，连天神遇到它也要战栗。它有十二只脚悬在半空中，还有六个很长的颈，上面各有一个丑恶的头，有三层牙齿，又厚又密，里面潜藏着死亡，它身体下半躲在张着嘴的石洞里，头颈伸到那可怕的深渊上，在岩石上到处搜寻猎食，寻找那些成千上万的海豚海狗和其他较大的兽类，那些都是咆哮的海水所生的。任何航海的人都不能夸口把船带过那里而不受伤损；怪物总要从黑色船上把人抓走的；每一个头都要抓走一个人。

“‘但是，奥德修，你可以看到另一边的峭岩较矮；这两个峭岩距离并不远，不过一箭之地；这边岩上有一株大枣树，枝叶茂盛，下面有怪物卡吕布狄，吞吸着幽暗的海水；这个可怕的怪物每天都要把海水吸进吐出三次；你要提防不要在它吸水的时候经过那里，因为如果是那样，任何天神包括摇撼大地的波塞顿在内，都不能挽救你脱险了；你还是把船靠近斯鸠利那边，快快穿过去吧，因为丢掉船上六个伙伴总比

全体遭到灭亡要合算一些。’

“她这样说；我回答她说道：‘女神，请你告诉我，要毫不隐瞒地告诉我。我能不能一方面躲开那害人的卡吕布狄，同时又抵挡住另一个怪物，当它袭击我的伙伴的时候？’我这样说；那辉煌的女神立刻回答道：‘你这个大胆的家伙，又在计划战斗，想找麻烦了吗？难道你面对着永生不死的神物还不肯退让？这个怪物永远不会死，是可怕而凶暴的，它是无法抵挡，不可战胜，谁也制服不了的；你最好的办法就是躲开它；如果你在岩下浪费时间去穿戴盔甲，我恐怕它会窜出来再一次袭击，它的几个头又要夺走好几个人；所以你还是尽可能快快离开好些；同时你可以向克拉泰依呼吁，那位女神是斯鸠利的母亲；她给人类生了这个祸患；她可以不让它第二次窜出来。

“‘然后你将要去到塞尼那吉岛，有很多属于太阳神的美好牛羊在那里放牧；神牛一共有七群，美好的羊群也是一样；每群有五十头；这些牛羊永不生育也永不死亡；有两位华鬘的女神，菲都沙和兰倍提，看管着它们。这两位女神都是太阳神优培里翁和女神奈埃娜的女儿；她们尊贵的母亲把她们抚养带大之后，就把她们送到辽远的塞尼那吉岛居住，去看守她们父亲的羊群和肥牛；你要是只专心于归家，不去伤害那些牛羊，你即使受尽苦难，也还能回到伊大嘉；相反，如果你伤害了它们，我可以预言你的船和伙伴一定要遭到毁灭，即使你一个人能够单身逃脱，你也要漂流很久才能到家，而且要遇到不幸的事，丧失你所有的伙伴。'

"她这样说；不久那金座的曙光来到了人间，辉煌的女神就回到岛上去了。我回到船边，把伙伴们唤起，叫他们上船，解开船绳；他们立刻上了船，按照次序，在桨位上坐好，用桨打着幽暗的海水。这时那华鬘女神刻尔吉，能说人言的可畏的天神，又给了我们一阵顺风，鼓满船帆，来帮助我们，在黑色船的后面推送；我们收拾好船上一切器具，就坐下来，让顺风和舵手按照规定的方向航行。

"我心情沉重，就向伙伴们说道：'朋友们，只有我一个人知道女神刻尔吉所作的预言是不够的，因此我就要告诉你们，让你们明白一切情形，不管将来我们是死亡还是逃脱毁灭的命运。她要我们首先躲开神奇的赛仑鸟的歌声和它们居住的开花的草地；她只许我一个人听，但是你们要用绳子把我绑紧，让我无法离开；你们要把我竖直绑在支柱上，再把绳子绑在桅杆上；要是我恳求你们放开我，你们那时就要用

更多绳子把我绑得更紧。’

“我就这样把一切都告诉了我的伙伴们。这时那精制的船被顺风推送，很快就到了赛仑鸟所住的海岛；风停了，天神使波浪安息下来，海面上一片平静。伙伴们起来卷好船帆，把帆放在弯船里，然后又在桨位上坐好，用光滑的松木制成的桨把海水打起白沫。我用锐利的铜剑把一大块蜡切成小块，用有力的手揉捏它；由于强大压力和太阳的光芒，那块蜡很快变软；我用蜡把我伙伴的耳朵一个个塞起，然后他们把我竖直绑在支柱上，手脚都绑紧，把绳子再绑在桅杆上；他们又坐下，用桨打着幽暗的海水。当我们离开那个岛只有呼声所及的距离，我们就加快速度前进，但是那两个赛仑鸟已经看到靠近的快船，它们就开始用清亮的声音唱道：‘到这里来吧，尊贵的奥德修，阿凯人的巨大光荣，停下船来，听听我们歌唱吧。任何人坐着黑色船路过这里都要听一听我们口唱的美好歌曲；他听完歌再走，就会增加许多知识；我们晓得阿凯人和特罗人由于天神的意旨在特罗广野所遭受的一切灾难，我们也晓得在生长万物的土地上的一切事情。’

“它们两个这样说，唱着美妙的歌曲；我很想听听，就命令伙伴们给我松绑，向他们点头示意；但是他们继续摇桨；而且培里弥底和尤吕洛科反而站起来，用更多绳索把我绑紧；一直等到过了赛仑鸟所在的地方，已经听不到它们的歌声，我的忠实伙伴们才拿掉我塞在他们耳里的蜡，又给我松了绑。

“离开这里之后，我立刻看到烟雾迷漫，波涛汹涌，听到岩石撞击的声音。大家都吓得丢下了手里的桨，使海水溅起浪花；因为没有继续摇动长桨，船就停下来了。这时我从船的一头走到另一头，站在每人身旁，用温和的话鼓励他们：‘朋友们，我们不是没有经历过灾难，目前的灾难也不会超过独目巨人把我们强迫关在深深石洞里的时候；即使在那样的情势之下，我还是用勇敢和计谋使我们逃了出来；我们应该还记得那些灾难；所以你们都按照我的话去做吧；你们要坐在桨位上，用桨打着汹涌海水，希望上天让我们逃脱死亡。至于你，掌舵的人，我的命令是这样：你要好好记住，因为弯船上的舵是由你掌管的；你要让船远离那边的烟雾和波涛，要靠近这边崖石，不要粗心让船靠到另外一边，把我们带进灾难。’

“我这样说；他们立刻按照我的话办理；可是我没有提

赛仑鸟

到斯鸠利，那无法抵御的祸害，免得伙伴们害怕起来，放弃摇桨，只顾把自己藏在船里。这时我不顾刻尔吉的认真嘱咐，虽然她叫我不要穿戴盔甲，我还是穿上了辉煌的甲胄，手里拿起两根长矛，走到前面甲板上，因为我想在那里我可以第一个看到岩石上那个要给我伙伴带来灾祸的怪物，可是我虽然到处探望，也看不到它；我一直看着那雾气迷漫的岩石，直到我眼睛都疲倦了。我们就这样担着心穿过那狭窄的海峡，一边有斯鸠利，另一边有神异的怪物卡吕布狄吸进大海的咸水。当它把水吐出的时候，就像烈火上烧着一锅水，沸腾起泡，浪花直喷上去，又落到两边崖顶上；但每当它吸进大海的咸水的时候，只见滚滚漩涡，里面一片混乱，岩石附近发出可怖的喧嚣声音，海底的黑色沙土都显露出来；这时伙伴们都吓得面容苍白，我们都注意那边，唯恐遭到死亡；就在这个时刻，斯鸠利从船上抓走了我的六个伙伴，都是身体最健壮的。当我连忙查看快船和伙伴的时候，我发现他们业已高高悬在半空，用手脚挣扎着，在痛苦中大声呼喊，最后一次呼唤着我的名字。就像一个捕鱼的人在突出的岩石上，用长竿扔出牛角带着鱼饵到大海中心，来诱捕小鱼；等到他钓到跳动着的鱼，就把鱼扔到岸上，正是这样怪

斯鸠利

物把挣扎着的人带上岩石，在洞口吞吃他们；伙伴们一面喊叫，一面在临死的挣扎中还向我伸着手；这是我在航海中眼见的最凄惨的景象。

“在我们逃过了冲岩和可怕的卡吕布狄和斯鸠利之后，我们很快来到太阳神的宝岛，那里有太阳神优培里翁的美好宽额的牛和很多肥壮羊群；在海上我们黑色船里已经可以听到厩里牛羊的声音。这时我想起那盲目预言家塞拜城的泰瑞西阿的警告，还有埃亚依岛的刻尔吉也一再告诉我，要躲开那给人欢乐的太阳神的岛；我心情沉重，就向大家说道：‘饱经苦难的伙伴们，请听我的话；我要告诉你们，泰瑞西阿曾经警告我们，还有埃亚依岛的刻尔吉也一再吩咐，要我们躲开给人欢乐的太阳神的岛，因为她说这里隐藏着最致命的灾祸；我们还是让黑色船离开这个岛吧。’

“我这样说；他们非常失望。这时尤吕洛科恶狠狠地对我说道：‘奥德修，你这个坏家伙，你的精神太好了，身体永远不知疲倦，大概是铁打的吧。你为什么不放伙伴们上岸？他们都累坏了，都想睡觉哩。我们四面是海，到岛上去好好吃一顿晚饭不好吗？你偏要命令我们离开，要我们在雾气迷漫的大海上漂流；黑夜就要到了，夜里也许会刮起一阵毁坏船只的大风；要是突然起了风浪，我们又怎样逃脱凶险的死亡？无论是起了南风还是狂暴的西风，不管主宰一切的天神意图怎样，风是会把船打坏的。我们还是顺从黑夜的支配，做一顿晚饭，睡在快船旁边吧；明天清早我们再上船，渡过汪洋大海不行吗？’

“尤吕洛科这样说；别的伙伴都赞成他的意见；这时我知道上天在计划着灾祸；我立刻对他说道：‘你煽动大家反对我，使我不得不同意；可是现在你们全体要对我发一个庄严的誓；如果我们碰到一大群牛羊，谁也不许糊涂地杀害它们，我们只能吃那位永生的女神刻尔吉留下的干粮。’

“我这样说；他们立刻发誓，说要按照我的话去做；他们立了誓言之后，我们把精制的船停在深港里，靠近有甜水的地方，然后伙伴们下了船，熟练地准备好晚饭；他们吃饱喝足之后，又想起那些亲爱伙伴怎样从弯船里被斯鸠利抓走吃掉，就哭起来；在哭泣中他们进入沉沉梦乡。后半夜星辰下沉的时候，聚集云雾之神宙斯唤起一阵风暴，带来神异的大雷雨，云雾掩盖整个大地和海洋，黑暗从天上涌下。

“当那初生的有红指甲的曙光刚刚呈现的时候，我们把船拖上岸，系在空凹的石洞里，那是山林女神们的聚会地点，她们美好的歌舞场所。这时我把伙伴们召集到一起，向他们说道：‘朋友们，在我们快船里有粮食有饮料；我们不要去碰那些神牛吧，免得遇到灾祸，因为那些肥壮的牲口是可畏的太阳神的财产，他是能看到一切并听到一切的。’

“我这样说；他们都同意了。整整一个月，南风吹个不停，没有别的风，只有东风和南风；当伙伴们还有存粮和红酒的时候，他们爱惜自己的生命，没有去碰那些神牛；可是等到船上存粮都用尽了的时候，饥饿折磨着他们的肚子，他们不得不出外寻求野味鱼鸟，寻找一切能够到手的食物，用弯曲的鱼钩去钓鱼。这时我一个人到岛上去向天神祷告，求他们给我指出一条出路；我穿过全岛，离开伙伴们，在一个避风的地方洗净了手，就开始向主管奥仑波山的天神祈祷；天神们在我眼睫上洒下了酣梦。

“这时尤吕洛科给伙伴们出了一个坏主意；他开始说道：‘饱经苦难的伙伴们，请听我的话；不幸的凡人有种种可怕的死法，但是饿死却是最悲惨的了。我们现在还是从太阳神的牛群里挑选几头最好的牛，给主掌广天的群神献祭一次吧。如果我们能够回到故乡伊大嘉，我们可以立刻给太阳神优培里翁造一所庄严的神庙，献上许多贵重祭品。如果他为这几头长角的牛怨恨我们，要毁掉我们的船，而别的天神也赞成他的话，我宁愿去喝海水，一下子就送了命，也胜于在荒岛上长期受着折磨。’

“尤吕洛科这样说；伙伴们都同意了；他们立刻把附近太阳神最好的一群牛赶过来，因为那些肥壮美好阔额的牛正在黑色船旁边吃草。伙伴们围着牛，向天神作了祈祷，又从一棵高大的栎树上摘下嫩叶，因为长船上没有雪白的大麦可用。他们作了祈祷，就把牛宰掉，剥了皮，又切下股骨，裹上双层肥油，上面放上生肉；由于他们也没有酒浆可以在炙肉上祭奠，他们只好用水代替；他们又烧烤了全部腑脏，等到股肉烧完了，他们尝了腑脏，又切碎余下的牛肉，用串子穿起来烧烤。

“这时沉酣的睡梦才离开我的眼睫，我就走回那岸边快船所在的地方。当我走近那长船的时候，炙肉的香气吹到我这里；我心情沉重，就向天神们大声呼道：‘天父和其他永生的极乐天神们，你们怎么无情无义让我睡着了？这是要毁灭我们啊！我留下的伙伴们现在可犯了严重罪行了。’

“这时长裙的女神兰倍提立刻到了太阳神优培里翁那里，向他报告，说我们宰杀了他的牛；太阳神非常愤怒，就对永生天神们说道：‘天父和其他永生的极乐天神们，你们应该同拉埃提之子奥德修的伙伴们好好清算；在我走上繁星的天空又从天上转回地面的时间，那些狂妄的人杀害了我所喜爱的牛，他们要是不给我的牛适当赔偿，我就要到阴间去，在鬼魂中间照耀去了。’

“聚集云雾之神宙斯回答道：‘太阳神，请你还是留在永生天神当中，还是在世人中间，在生长五谷的土地上照耀吧。我将立刻用灿烂的霹雳，打击那条快船，把它打碎在葡萄紫的大海中心。’

“这些话我是听华鬘女神卡吕蒲索说的；据她说她是从神使赫尔墨那里听来的。

“我回到岸边的船旁，就一一责备了他们，但是我们也没有什么办法好想，因为牛已经被杀掉了。天神立刻给伙伴们显示了征兆，牛皮爬动起来，串上烧烤的生熟肉都发出了吼声，有如牛鸣一般。我的忠实伙伴把他们弄来的太阳神的最好牛肉吃了六天，在闪阆之子宙斯带来第七天的时候，风浪停止，我们立刻上了船，竖起桅杆，扬起白帆，驶向汪洋大海；可是等到我们离开海岛，海天无际，不见陆地的时候，宙斯在弯船上空布满乌云，下面海水变得昏暗了；船没有走

兰倍提向太阳神控诉

多远，立刻来了一阵呼啸着的西风，还带来暴雨，狂风把桅杆两边前方的支索吹断，桅杆向后倒下去，所有的绳索都落到舱底；桅杆落到船尾，正打在舵手的头上，把他的头骨打烂；他就像一个潜水的人那样，从船板上落到水里，他高贵的魂灵就离开了尸体。在这同时，宙斯又打着响雷，向船上降下霹雳；在宙斯的霹雳打击下，整个船身发抖，到处是硫磺气味。伙伴们都从船上掉到海里，像乌鸦一样在黑船附近的海水里漂浮，这样上天就剥夺了他们还乡的日子。

“我在船上跑过来跑过去，一直到波浪把船边从船身撕开，波浪就把船身带走，把船上桅杆也折断了，但是桅杆还连着后面的牛皮支索；我把船身和桅杆绑在一起，坐在上面，听任风浪推着它，后来西风带来的风暴停止，可是南风又立刻吹起来，给我带来忧虑，因为看起来又要再度经过那险恶的卡吕布狄了。我漂浮了一整夜，日出时又来到斯鸠利的岩石和正在吸进大海咸水的可怕的漩涡；这时我赶快跳上那棵高大的枣树，抓紧树身，像蝙蝠一样伏在上面，但是我无法把脚站稳，也无法爬上去，因为下面树根很深，上面树枝又长又大，笼罩着漩涡，也抓不到。我只好坚持抓住树身，等着漩涡再把船桅和船身吐出来；过了好久，我才高兴地看到它们再度出现；就在人们判断完了许多年轻人的诉讼案件，离开会议去吃晚餐的时候，那些木材又开始从漩涡里出现；我这时在树上放开手脚，落在水里木材旁边，又坐到上面去，用手代替摇桨；幸亏天神和凡人的父亲没有让斯鸠利看到我，否则我是难免要遭到惨死的。

“此后我又漂流了九天，在第十天的夜里，天神们又把我带到奥鸠吉岛，就是那位说人语言的可畏的华鬘女神卡吕蒲索居住的地方；她欢迎并招待了我。但是这些我又何必再说呢？昨天在你家里我已经同你和你的尊贵的夫人讲过了。我不想再重复叙述那些已经说明的事情。”